AF469648

Prix : 2 sous.

LETTRES

DE

Mme PRUDENCE DE SAMAN

ET DE

LORD WALTER NORTH

PAR

Mme HORTENSE DE MÉRITENS.

SCEAUX

TYPOGRAPHIE DE E. DÉPÉE

Décembre 1869.

LETTRES

DE

Mme PRUDENCE DE SAMAN

ET DE

LORD WALTER NORTH.

Londres..... 1847.

A Prudence. — Je vous avais appris, madame, que je quittais les Indes, et je suis à Londres depuis un mois. J'ai eu à peine le temps d'écrire des lettres, retenu par les ministres, leurs conversations et leurs questions. Je compte aller à Paris et vous voir dès que j'aurai retrouvé quelque liberté. Je vous donnerai de plus grands détails que je n'ai pu faire dans mes lettres. Je vous exposerai en attendant le résultat de mes recherches. Ecrivez-moi un mot.

A Walter. — Vous m'avez écrit durant vos voyages, écrivez-moi encore. Nous revoir, y songez-vous? c'est impossible. Mais on en dit beaucoup par lettres. J'attends vos idées sur ces trois races auxquelles vous avez consacré vos recherches et qui l'ont emporté près de vous sur toutes les douceurs de la terre. Sans cesse inquiète de votre vie dans ces lointains pays, je n'ai attaché nulle idée à ces relations continuelles mais de près? Que dites-vous donc? Quelle légèreté ! Vous êtes toujours le même.

A Prudence. — La légèreté, madame? C'est vous qui avez été légère. Qu'importe, à présent où je vois que vous ne me gardez pas même un souvenir? Pourquoi ne pas nous voir? N'êtes-vous pas veuve? Votre mari ne fut-il pas tué en Algérie? Mille choses et le despotisme de mon père que j'ai perdu, nous ont séparés. Ne vous êtes-vous pas mariée avant mon départ? Où est votre justice? J'étais cadet, mon frère aîné a eu l'héritage et la pairie; mes autres frères et mes sœurs furent favorisés, mais mon père, furieux que j'eusse voté contre le bill de réforme, m'envoya au Caboul. Vous savez comment vous me fîtes m'y résigner. J'ai bien joui de ce voyage, je vous l'ai dit; j'en rapporte des vues nouvelles dont je vous ai déjà parlé, mais que je vous expliquerai plus au long. Je me suis trouvé avec vous jadis dans des rapports égaux : vous fûtes une femme que personne n'a dominée. Vous m'ordonnâtes d'obéir à mon père. Aujourd'hui je reviens, vous êtes libre, je dois avoir avec vous une longue explication.

A Walter. — Vous voir, n'attendez pas de moi une telle folie; ce serait la plus grande de celles que j'ai faites pour vous. Ce monde de l'Asie que vous rapportez, j'en suis très-curieuse, et vous pouvez m'envoyer dans vos lettres et l'Asie et l'Afrique. Revenez-vous à moitié barbare? Avez vous perdu le charme et la douceur, la distinction de vos manières ? Je vous crois devenu sauvage? Vous avez habité si longtemps au Sénégal? Mes bois de Rambouillet sont-ils à comparer à ces beaux ombrages torrides dont vous me vantiez la fraîcheur? Je m'oublierai bien volontiers devant vos récits que j'attends. Ecrivez donc.

A Prudence. — O Prudence! vous ne m'avez jamais compris! Vous m'avez cru léger, et pourtant mes idées étaient sérieuses. Quand j'ai étudié mon pays, quand j'en ai parcouru les provinces pour mes élections au Parlement, j'ai vu tant de paysans errants, tant d'ouvriers misérables que j'ai pris la civilisation en horreur. J'ai voulu voyager, j'ai commencé par la France, où je vous rencontrai. Deux passions désormais dominèrent mon cœur : Prudence et la recherche de la vérité. Prudence pouvait m'enchaîner près d'elle ou plutôt me seconder dans mes études : vous savez ce qui nous a séparés. Moi, rendu à moi-même, envoyé au Caboul par mon père, je me trouvai les moyens d'étudier trois races dont j'étais sans cesse occupé et qui pouvaient seules m'éclairer. Ces trois races nous en avions souvent causé ensemble; comme moi, vous en étiez émerveillée : c'étaient d'abord les Tartares, conquérants naturels de l'Asie, qui sont les anciens Scythes et qui en ont conservé les mœurs. L'autre race est la race arabe; ces deux peuples se rencontrent au Caboul, précisement aux lieux où mon père m'envoyait : l'un part du nord, l'autre du midi; s'il se trouve un désert, un lieu aride et désolé, on est sûr d'y rencontrer un Tartare à cheval ou un Arabe à cheval, chacun passionné pour sa vie vagabonde, chacun voyant dédaigneusement passer les diverses civilisations à ses pieds!

Mais une troisième race m'occupait encore plus, plus légère, plus élégante, vivant dans l'eau, sous l'ombrage : c'est la race nègre que j'ai étudiée au Congo et au Sénégal. Vous ne sauriez croire combien ces recherches passionnent ceux qui s'y livrent. Le major Cordon Laing, un héros et une âme dévouée, y a perdu la vie. J'ai cherché à l'imiter, mais je n'ai pas rencontré les mêmes dangers ; j'ai trouvé des peuples moins soupçonneux, moins cruels. Je rendais grâce à Dieu, pour cette race heureuse, pour ces hommes-oiseaux qui sont tenus à des coutumes éternelles par le climat, une chaleur torride, la paresse, le loisir, la sobriété, une vie sans besoin, sans soucis, sans travail, ce qui modifie toute la loi morale. L'existence oisive et amoureuse des nègres ne vaut-elle pas mieux que celle de nos ouvriers ? Quoi ! forger, quoi ! vendre, quoi ! s'inquiéter, s'épuiser, au lieu d'errer dans un pays charmant, au milieu des fruits, des fleurs, avec la nourriture la plus saine, la plus facile et la plus agréable ! Le Tartare vit près de l'Océan glacial, l'Arabe est brûlé dans les sables du désert. On peut douter parfois si leur sort est si digne d'envie qu'ils le croient, mais le nègre semble le favori de Dieu.

Ma mission au Caboul m'a fait visiter quelques parties des Indes et de la Chine. Mais ces civilisations pleines de corruption et de tyrannie m'ont rendu les sauvages encore plus chers. J'étais impatient de donner mes idées *au Conseil des Dix*, comme vous appelez le gouvernement anglais. Lord C. qui en fait partie est mon ami et s'est intéressé vivement à mes voyages. Depuis que je suis à Londres ce ne sont que conférences et discussions. Les longues années que j'ai passées dans l'Inde m'ont fourni tout un système de domination, rapproché, il est vrai, de celui que nous suivons, mais plus rempli d'humanité et de sympathie pour cette race belle et délicate. Quand on tient de tels peuples on a de grands devoirs envers eux. Leurs Divinités innombrables, qui nous semblaient chimériques, deviennent de plus en plus probables par les découvertes et les certitudes de l'astronomie. Herschell, Bernardin de Saint-Pierre nous ont montré des intelligences prodiguées dans toutes les constellations, dans tous les mondes. Une lumière commune met ces intelligences en rapport. Les Indiens ont mieux connu la nature que nous en peuplant les univers visibles de Divinités sous un grand Dieu. Par la spéculation, aujourd'hui, nous arrivons à ces idées qu'un ciel resplendissant enseigna dès l'origine aux Indes et à la Chaldée : —Quoi! allez-vous dire, vous nous rapportez le polythéisme? — Oui, sous un grand Dieu, dont l'unité se voit partout et fut consacrée par toutes les cosmogonies. Mais, que sont-elles toutes devant celle des Indes? Un *Kalpa* de plus de quatre milliards d'années solaires forme *un jour de Brama* ou une durée de la manifestation du monde. *La nuit de Brama* a une durée égale ; c'est la disparition du monde ou sa rentrée dans le sein de Brama. La manifestation actuelle est la cinquante-sixième, et compte déjà près de six millions d'années. — Eh bien, direz-vous, vos nègres n'ont pas une telle cosmogonie?. — Non, mais ils ont le vrai culte, la bonté, le bonheur, ils suivent un Dieu riant et bienfaisant.

Autant vous m'avez vu jadis agité, autant calme, autant convaincu vous me verrez aujourd'hui. Mélange de force et de légèreté, j'ai su m'appuyer tour à tour des diverses qualités que Dieu m'avait données. Je voudrais que les observations que j'ai faites fussent utiles à l'Angleterre et lui fissent voir avec plus de respect et de sympathie tant de peuples, et sauvages et tombés, que Dieu livre en quelque sorte à son habileté et à sa marine. Je dirais à sa religion, à sa vertu, mais c'est trop tôt, un jour j'espère, on le dira. J'ai connu dans l'Inde et en Chine des penseurs, des sages aussi avancés que les Européens.

Quand vous me supposiez jadis tout à l'amour, déjà je m'inquiétais de l'Asie, de l'Afrique : — Quoi! me disais-je, au milieu de tant de vaisseaux, avec de tels moyens de voir et de courir, je resterai à Paris, esclave des passions de la jeunesse et d'une de ces femmes françaises si séduisantes? Aller dans l'Inde par la mer Rouge, traverser l'Afgan, voir le moment où ces deux fleuves de peuples, les Tartares et les Arabes joignent leurs eaux : les eaux tartares sont bourbeuses, celles des Arabes sont devenues plus claires à la voix d'un grand homme dont je cherchais aussi les traces embaumées, lui si sensible aux parfums et qui disait que Dieu s'y révélait. Moi, l'homme de la civilisation, recherché dans mes gouts, mes manières, d'un caractère irrésolu mais ardent, je voulais courir aux limites du monde. Le sort m'avait uni à une femme de lettres française. *Femme de lettres* et *Française!* quels titres à l'indépendance. Moi, pauvre Anglais, gauche encore, à moitié dandy, moins occupé de mes livres que de mes chevaux et des courses, où étais-je venu dresser ma tente et poser mes pénates? Vous étiez fière et superbe. Au premier jour de trouble, au moindre refroidissement, pensai-je, elle s'envolera, elle retrouvera les hommes aimables et galants de son gracieux pays. Votre mari ne fut-il pas cela? Officier héroïque, et de plus troubadour, il vous enivra de cette voix et de ces chants du Midi de la France, qui jadis inspirèrent la chevalerie et les combats. Je ne me plaignis point : ambition, vie errante, désir de courir et de voir, en un moment, vous me rendiez tout. Une autre passion, à côté de l'amour, nous tenait tous deux, c'était cette ambition, dirigée par moi vers l'action et par vous vers l'étude. Je voulais vous revoir, vous retrouver, et vous exprimer tant d'idées, vous raconter tant de choses qu'on ne saurait écrire assez rapidement. Votre résolution de ne pas me voir me surprend tellement que je n'y crois pas. Je m'expliquerai, vous me jugerez, mais d'abord causons, et que nos idées pour quelques jours, nous enlèvent à nous-mêmes.

A Walter. — Votre lettre m'amuse et me ravit, mais que de nouveautés! Je ne vous ai pas connu des idées si prononcées, vous hésitiez, vous flottiez. Je ne saurais les accepter. En parlant de ces trois races avec vous, je n'ai jamais été si loin que vous. On compare les peuples par la tête; où sont, excepté quelques Arabes, quelques Tartares, les grands hommes chez ces races, chez les nègres? Les modernes, vous le pensiez, ont atteint ou dépassé les anciens. Vos nègres me font rire aux éclats. Et les Tartares! les Kans! les massacres! Mais c'est affreux! Un jour je voulus être impartiale pour les Tartares; je voulus étudier un de leurs grands hommes, faire la part de la barbarie. Bon! Je prends Aureng-Zeb. Il commence par emprisonner et faire tuer son père. J'ai renoncé à cette étude. Kouli-Kan est un monstre. On ne pourrait tolérer que Gengis-Kan, apparu avant eux, mais que de dévastations! S'ils ont conquis la Chine, ils y sont devenus chinois, et s'ils ont conquis les Indes, ils en ont pris la corruption; mais je soupçonne que les écrivains tartares se sont trompés en établissant des rapports entre Boudha et le Grand-Lama du Thibet. Boudha vient des Indes; le Grand-Lama est tartare; le Grand-Lama semble avoir quelques traits que les missionnaires catholiques auront introduits chez les Tartares. Mais ce qui est analogue n'a souvent pas du tout la même origine.

Vos nègres si fins, si doux, sacrifient pourtant à la mort des rois, des esclaves vivants pour servir ces rois dans une autre vie; ils en sacrifient même dans la célébration de quelques fêtes. Je crois bien que lord C... et vos ministres vous écoutent et s'amusent et s'étonnent de ce que vous dites. Jamais conseil des Dix n'entendit ces discours. Celui de Venise en eût été épouvanté; il traitait les barbares en barbares, et ne s'enchanta jamais d'eux comme vous.

A PRUDENCE. — Vous prenez ce que je vous dis trop au pied de la lettre. Ne voyez-vous pas où j'en veux venir? La civilisation de l'Angleterre s'égare; livrée sans préservatif à la liberté, elle immole les enfants, les femmes dans des endroits malsains, renfermés, où ils perdent la force du corps et de l'intelligence. J'ai été me retremper aux divins enseignements. J'ai vu des hommes près de la nature. Je les ai vus robustes, heureux, sans langueur, sans maladie, l'Angleterre doit s'inspirer là. Il faut ouvrir de nouvelles voies. Il y a d'autres manières de s'enrichir. Je prévois d'ailleurs que le mal augmentera et que nous ne saurons pas nous arrêter. Si je présente ce spectacle aux ouvriers, je l'offre aussi à la bourgeoisie, aux pères riches de tant d'enfants opprimés et enfermés. Jetons les yeux sur l'univers. Sans doute le bien l'emporte partout mille fois sur le mal; la richesse et le bonheur habitent l'Angleterre, mais ce n'est qu'une raison de plus pour secourir les pauvres et les faibles. Le genre humain crie très-haut, se plaint beaucoup, mais soyons justes!

Quelle est donc la *vraie civilisation*? Quand y arrivera-t-on? Elle ne consistera jamais à surcharger les pauvres de travail et les riches d'étoffes exagérées, inutiles, à épuiser les ouvriers énervés et les enfants pour un résultat ridicule. Le genre humain n'est-il qu'un mannequin qu'on fagote? Nos libertés sont belles, notre gouvernement est habile, mais l'industrie le déshonore. Je vois la France, sous votre roi Louis-Philippe, imiter l'Angleterre, confondre nos institutions avec nos richesses. Je m'écrie : — Arrêtez, prenez garde! La France est plus riche au fond et plus heureuse que nous. Songez à vos terres. Prenez garde de vous encombrer d'ouvriers.

Depuis mon retour à Londres, j'ai été surpris du langage de l'opposition en France et de ce qu'elle dit des ouvriers cette année (1847). Si l'Angleterre augmente le nombre de ses manufactures, c'est sans danger pour ses lois : en France, déjà les partis cherchent à s'appuyer des ouvriers! Mais combien donc y a-t-il d'ouvriers en France? Il faut les compter. Mettons-en trois cent mille à Paris, hommes et femmes, et pour toutes les autres villes, trois cent mille; mettons un million d'ouvriers, hommes et femmes, c'est beaucoup plus qu'il n'y en a. Eh bien! allez-vous bouleverser l'Etat pour un million d'ouvriers? N'y a-t-il pas des améliorations *ad hoc*? Moi, je ne demande point le renversement de la Reine et de la constitution. En France, vous avez trente-sept millions de cultivateurs, paysans, petits et grands propriétaires vivant sur la culture. Ils *composent* le pays et l'*assurent!* On ne peut agir que dans ces données. Sacrifiera-t-on l'agriculture, la richesse, le commerce, la civilisation, tous les intérêts pour un million d'hommes sur quarante millions? Des chefs ambitieux s'adressent aux ouvriers qui ne doivent qu'en rire. Si vous avez une révolution, la société se ralliera toujours dans les mêmes intérêts. D'ailleurs le paysan n'est-il pas plus heureux que le bourgeois; celui-ci surchargé de devoirs, de difficultés, de dépenses et de préjugés. Sur un sol immense, il faut songer surtout à la culture, et au lieu d'augmenter le nombre des ouvriers, les envoyer dans les campagnes et diminuer les établissements empestés où ils travaillent. La France ne voudrait pas sans doute ressembler aux Etats-Unis, une nation de brutes, qui ne connaît ni la littérature ni les arts, ni l'éloquence, ni la guerre, ni même le commerce, si ce qu'on raconte du sien est vrai.

L'homme, né à une époque quelconque, croit toujours que son époque est la meilleure. Mais il est des époques qui font fausse route. On reviendra. Je crois mon pays destiné à un avenir immense. C'est sa prospérité même qui déborde; on ne peut accuser personne, mais on peut retenir tout le monde. Jetons les yeux vers ces races fortes qui gardent leurs mœurs primitives. Dieu tient ces races par le climat, par le terrain, qui les sauve de nos usines, de nos mines surtout, de nos ateliers empestés, de nos prisons cellulaires, de nos infanticides, de nos préjugés de toutes sortes!

Comment faire? allez-vous dire, les gouvernements marchent comme ils peuvent, et font toute l'expérience; vous attaquez le meilleur. — Oui, et c'est ce qui est à propos, attaquer un mauvais gouvernement ne sert qu'à lui, mais attaquer le meilleur, c'est éveiller l'attention du genre humain. Quoi! Une liberté si belle, un patriotisme si vrai n'auraient pas d'autre résultat? Non, non, ils en auront d'autres, nous sommes dans une phase dont il faut se tirer doucement et lumineusement. Les gouvernements font ce qu'ils peuvent, mais jusqu'ici, savez-vous ce qu'il y a eu de plus beau sur la terre? Ce n'est pas la civilisation, mais ce sont les individus. La société a reçu souvent l'impulsion de quelque individu sublime, mais il a aussitôt disparu. Du moins sa vie est connue, l'homme supérieur laisse son souvenir, on sait quel était son rêve. La civilisation jusqu'ici n'a donc brillé que dans quelques êtres au-dessus des événements et des gouvernements. Mais la civilisation ira-t-elle plus haut? Je ne sais, je l'espère.

Des individus admirables, on en trouve partout, même en Espagne, même à Rome, dans ces pays voués aux Gouvernements les plus déchus. C'est ma consolation. Quelques hommes sauveront tout; ils voient, ils pensent, ils concluent.

Mon regret est que les Tartares n'aient pas gardé leur antique nom de Scythes. Tout ce que dit Hippocrate leur est encore applicable, et les Arabes sont les mêmes qu'on les trouve quand Alexandre va seul les renverser témérairement et saisir leurs feux sur les monts de l'Antiliban. Les Tartares sont plus affreux que les Arabes, plus sauvages, sales et dans des huttes empestées par l'odeur du poisson. Comme ils n'attaquent qu'à cheval, les Russes s'en préservent par un simple fossé et des palissandres. Ceux-ci, anciens Sarmates, ont apporté aux Tartares un grossier despotisme, les supplices, la corruption, l'indécence, ce qui suit la puissance naissante. Rien de plus odieux que le joug des Russes. L'homme pauvre est simple et bon, c'est la puissance qui rend méchant. Elle apporte les supplices. Comme ses instruments sont d'abord brutes, son travail est grossier; redoutable surtout chez les peuples ignorants, elle rend le joug des Russes affreux. Les Athéniens et les Spartiates etaient plus doux pour les peuples assujettis! Quelques peuplades tartares sont bonnes et douces. M. de la Pérouse dit des Tartares de la côte orientale d'Asie : « On ne peut rencontrer en aucune partie du monde des hommes meilleurs. » Il croit ces hommes de la race du Kamtschatka, tandis que l'île de Ségalien a une population de beaux hommes très-supérieurs physiquement aux Japonais, aux Chinois et aux Tartares. Il dit des Ségaliens : « Leurs manières sont graves, et leurs remercîments étaient exprimés par des gestes nobles. » Ceux-ci ont des habitations élégantes. Tous croient en Dieu et en l'immortalité de l'âme. C'est chez les sauvages qu'on voit que cette double croyance est instinctive. En conduisant la Pérouse au milieu de leurs tombeaux, ils élevaient le bras vers le ciel pour lui montrer où va l'âme des morts. Ils sont conduits par des hommes inspirés dont beaucoup ne sont que des imposteurs, qui leur servent de prêtres et de médecins. Ceux qui travaillent dans les mines en Sibérie, plus heureux que nous, travaillent à ciel ouvert, puisque ces fameuses mines de la Sibérie, qui remplacent l'agriculture, ne sont pour la plupart qu'à deux ou trois pieds sous terre et n'en ont que vingt-quatre de profondeur. Une de ces hordes honore Dieu vers l'Orient chaque matin par cette prière : — Ne me tue pas. — Presque toutes, effrayées par le froid et le climat, sacrifient au démon en lui jetant en l'air de la bière pour le désarmer. Ils n'aiment qu'une vie libre et vagabonde, et leur imprécation est : — Puisses-tu vivre à la russe!

Ils chassent le renne, leur ressource, leur appui, et chose frappante dans ces pays glacés, le renne libre *court vers le nord*, c'est par là qu'on le cherche, vers le nord, tant la nature est harmonieuse et a bien voué la créature à sa destinée. A peine voyais-je le jour à neuf heures du matin, et déjà à trois heures brillaient les étoiles. Les habitants, quand ils ne sont pas occupés à la chasse ou à la pêche, passent leurs jours à dormir et ne s'éveillent que pour prendre les repas que les femmes préparent en soignant les enfants ; des poissons exquis et abondants leur donnent une existence sans soins et sans soucis. Les Tartares de Kasan servent dans l'armée russe et il leur est défendu d'avoir des villes. Les femmes tartares sont moins grossières que les femmes russes.

Autrefois les Russes et leurs femmes couraient nus en sortant du bain. Les femmes russes se montraient ivres et nues et attaquaient grossièrement les passants. Ces gens du nord ne gardent nulle mesure.

Le pays d'Astrakan, au midi, est fertile et charmant, quoiqu'environné de déserts qu'habitent les Tartares. Vêtus de peaux de mouton noir, ils tournent ces peaux d'un côté ou de l'autre, suivant la saison. Au milieu d'eux, le prêtre russe ne respecte que son bonnet et l'ôte pour se colleter. Ce sont sauvages contre sauvages, les uns libres, les autres avilis par la servitude.

L'Arabe, du moins, a été conduit à Dieu par un grand homme : Mahomet domine à la fois l'Arabe et le Tartare, car sa religion s'est emparée de presque toute l'Asie : elle règne dans la Tartarie et dans les Indes. Les Indes ont passé tour à tour aux Tartares et aux Arabes.

Mais les Tartares qui ont conquis les Indes, qui ont conquis la Chine, qui ont fondé l'empire turc, ne me sont pas chers, comme ceux de la Pérouse.

A Prudence. — La Chine est encore aux Tartares, mais là les Tartares, devenus chinois, ont si bien oublié la guerre qu'ils ne peuvent résister aux nouveaux Tartares qui descendent du nord et refont de siècle en siècle la conquête de la Chine. Voltaire dit que la Chine est une grande nation, mais sa civilisation est déchue. Des hommes qui suivent les sublimes principes de Confucius, ceux de la charité, ne peuvent tout à fait tomber.

On enseigne aux jeunes princes que les conquérants sont des fléaux pour l'univers, et que le chef du gouvernement ne doit penser qu'au bonheur de l'*universalité* des hommes. La prospérité publique fut leur but, et certes ils ont réussi : c'est une richesse, une population, un encombrement prodigieux : le peuple, refoulé jusque sur les rivières, compose avec des bambous, de petites îles flottantes comme Délos, sur lesquelles il est réuni par centaines.

Les fêtes sont magnifiques et d'un bruit inimaginable : à la nouvelle lune en janvier, j'ai cru entendre le bruit d'une bataille entre deux cent mille hommes, et cela à Péking, a duré trois jours et plus. Les gens riches font distribuer aux pauvres voyageurs, l'hiver, des boissons chaudes, l'été des rafraîchissements. Chacun veille à la tranquillité publique. A Canton, au bout de chaque rue est une barrière qu'on ferme à la fin du jour ; les citoyens se surveillent les uns les autres.

Le pays est inondé de bonzes, moines libres qui demandent l'aumône, sèment les fables, et sont tour à tour vénérés ou maltraités par le peuple. On voit une civilisation qui se moque des moines et les connaît.

En 1644, la Chine a encore été conquise par les Tartares et très-pillée depuis. Elle est infestée sur ses côtes de pirates chinois qui viennent dévaster le pays. Nos vaisseaux commencent à détruire ces pirates et à surveiller les côtes. L'armée est pourtant immense, près d'un million d'hommes, mais mal exercée. Autrefois il y avait dix-huit mille mandarins militaires. Leur médecine se rencontre avec ma propre observation : ils croient les douleurs et les maladies occasionnées par l'air qui se glisse entre les chairs ; ils emploient le feu et des aiguilles brûlantes.

Les Chinois d'ailleurs ne sont que des Tartares adoucis, comme on le voit par les traits du visage et la forme du corps, et quand les rudes Tartares sont devenus maîtres de la Chine, ils en ont adopté la mollesse. Si le onzième empereur de la Chine s'inspira du concert des oiseaux pour créer une musique et une morale divines ; si leur dieu Fohi inventa la lyre à vingt-sept cordes et la guitare à trente-six cordes; si la guitare de la *Vierge mère*, sœur et femme du Dieu, était si touchante qu'elle établit l'harmonie de l'univers et des étoiles et fit descendre l'esprit du ciel ; si la *Vierge mère* dut réduire les cordes de cette guitare de cinquante à vingt-cinq (car l'homme n'en pouvait supporter l'harmonie), les Tartares se montrèrent dignes de cette cadence en donnant de grands hommes et de grands empereurs à la Chine. Mais on comprend que Confucius, en voyant leur primitive rudesse, s'attacha passionnément à ces mœurs douces et cérémonieuses, à ces tendresses de la famille qui ont tant amolli les Chinois, car l'homme passe toujours la mesure en tout sens. Confucius, laissant trop de côté les rêves sur une autre vie et sur les grandeurs de Dieu, n'enseigna que la sagesse terrestre et abandonna le peuple aux bonzes, aux moines qui partout s'emparent des masses et dégradent la civilisation. Il est vrai que les faquirs de l'Inde, avec une cosmogonie sublime, n'ont pas mieux su se montrer. Que sont devenus aussi les moines mendiants? Les masses s'amusent à suivre ces conteurs vagabonds, parfois inspirés, qui les amusent pour en obtenir des aumônes. Confucius disait pourtant qu'après la mort, la substance intellectuelle remonte au ciel d'où elle vient et que le corps seul retourne à la terre; mais, occupé seulement de l'existence d'ici-bas, il montra une tristesse sans espérance et sans consolation. Les Chinois, dans l'absence de toute cosmogonie, ne sont préservés de Mahomet qui presse l'Asie, que par Confucius et les mandarins.

Ami d'un Tartare qui m'introduisit à Pékin, j'ai remarqué dans mes courses avec lui que nul être n'est plus fait que le Chinois pour la fatigue et un travail pénible : pourvu qu'il ait une nourriture suffisante à des moments fixés, il montrera toujours des forces nouvelles. Au palais, à Pékin, dans les cérémonies, j'ai été vivement frappé de la grande affluence des curieux et de la confusion qui régnait à tel point qu'on se serait cru chez des sauvages. Où était donc le tribunal si vanté des rits et des usages de *Li-pou ?* Les domestiques poussaient les mandarins pour mieux voir. Le palais était plein de ruelles et de passages très-sales; c'était la grossièreté tartare. La majesté éclatante est alliée aux marques de la plus dégradante ignorance. On ne peut concevoir cet étonnant contraste si on ne l'a pas vu. Rien ne peut éclairer les Chinois sur eux-mêmes, puisqu'ils repoussent les étrangers et se croient les premiers du monde. Les missionnaires les ont flattés pour les gagner.

Les Chinois vivent sans plaisirs, sans réunions, enfermés dans leur famille murée. Aucune femme ne paraît hors celles du bas peuple.

Il y eut alors une éclipse de lune; l'empereur se renferma pour de pieux devoirs envers le soleil et la lune, afin de les délivrer du sort effroyable dont les menaçait le grand dragon qui les obscurcissait en les tenant dans sa gueule pour les avaler. Tout le monde s'enfermait et prenait le deuil. Le fils montre son respect en ne sachant rien de plus que son père. Nous sommes passés devant un couvent dont les moines étaient mariés mais non rasés. Il y a une province où les femmes sont fort belles; les parents les vendent pour l'empereur et les riches.

Je n'ai vu qu'en secret et avec les plus grandes difficultés les missionnaires, dans la crainte qu'ont les mandarins que la vérité ne parvienne à l'empereur.

L'empereur tient l'empire et l'ordre, mais comme une pièce de bois, sans rien savoir. C'est un despotisme qui laisse l'administration aux soins d'une bourgeoisie avide, rusée, sans dignité, sans moralité, sans maximes, qui vend tout. Les mandarins s'entendent pour tromper l'empereur, entouré d'eunuques, achetés par les mandarins. Il n'y a pas de haute classe qui aurait du moins l'indépendance et la fierté, pas de liberté ni de moyens de réclamer. Les anciennes familles qui descendent de Confucius sont isolées. Les paysans sont heureux et s'enrichissent par une culture savante. Les Tartares ont apporté la grossièreté sur le trône, les mandarins les ont dominés. Les mandarins se servent de la barbarie tartare contre les Tartares et contre les révoltés qui souvent s'en aident. Les supplices sont affreux, la mort prodiguée. Si quelques mandarins ont peut-être l'élévation de Confucius, ils sont écrasés par la foule. Chaque province a sa loi, il n'y a pas d'ensemble dans l'empire. C'est solide, car l'empereur veut garder le pouvoir, les eunuques et les mandarins tiennent au leur, et les paysans sont heureux. Point de mouvement. La corruption et la lâcheté forment le caractère des mandarins. La liberté manque, point de réclamation possible. Un silence convenu.

Cette grossièreté, cette saleté qui règne dans le palais même de l'empereur, m'a rappelé ce que madame de Staël dit du seigneur russe, qu'il est tour à tour civilisé ou sauvage. C'est ainsi que nous voyons les gens riches du peuple tour à tour très-parés ou mis comme des pauvres. Une longue civilisation fait seule les mœurs délicates. Les Chinois ont pour-

tant une littérature; on nous a traduit quelques-uns de leurs bons livres, et ce roman (*Les Deux cousines*) où un jeune homme épouse le même jour et à la fois les deux cousines. Un de leurs poëtes dit :

« Une chose qui est arrivée au point de sa perfection touche au moment de sa décadence, et un malheur extrême est voisin de la prospérité. Attends-toi à périr quand on te dira que tu es parfait et prépare ton cœur à la joie lorsque l'adversité te fera sentir ce qu'elle a de plus rigoureux ; c'est ainsi que le Ciel a réglé la vie des hommes. »

Un proverbe chinois dit :

« Les dieux ne peuvent être en aide à l'homme qui laisse échapper les occasions. »

Mais ma lettre est trop longue.

A Prudence. — Les Tartares étendirent leur empire redoutable; ils conquirent aussi les Indes et produisirent de grands esprits, comme celui de Gengiskan et celui d'Aureng-Zeb. Si Louis XIV avait eu le grand esprit d'Aureng-Zeb, on n'aurait pas vu la révocation de l'édit de Nantes. Les Tartares conquérants traitèrent les Indes avec une certaine modération, puisque le grand Mogol n'exigea des Birmans aucun service militaire à cause de leur religion qui défend le meurtre, même de cette sorte d'insectes qui sont tués par tout le genre humain. Cette exemption du service les rendit aussi méprisables que leur idolâtrie aux yeux des Mahométans. Ces Banians, dans une superstition honteuse, ont gardé pourtant l'esprit, la douceur, la finesse et la bonté de cette noble race. Rome avait permis aux missionnaires de s'habiller en bramines pour approcher des Banians. La garde particulière du grand Mogol s'appelait *les esclaves de l'empereur*, et ce mot peint les gouvernements d'Asie. Les Tartares, en se trouvant non plus chez une race à eux, celle des Chinois, mais chez les Indiens qui diffèrent de forme et d'esprit, qui sont la race la plus belle et la plus spirituelle du monde, n'en prirent ni les mœurs ni la foi dégradée. Ils n'attachèrent de prix qu'au luxe extraordinaire, à une magnificence inouïe ; en vain ils virent ces beaux horizons, en vain ils respirèrent cet air embaumé, ils ne s'écrièrent jamais avec le poëte Sadi : « Je vous salue, riant empire des roses, qui produisez en abondance les perles, les diamants et les plus belles vierges du monde. »

Mais les Arabes, entraînés par la gloire, vinrent leur disputer les Indes : de sanglants combats furent livrés, et le cheval arabe l'emporta sur le cheval tartare. La race indienne se laissa séduire parfois par Mahomet qui régnait aussi sur les Tartares. Au milieu de ces peuples barbares, les Portugais, hardis navigateurs, avaient les premiers fondé un commerce qu'ils établissaient avec une autre grandeur que nous, car les Jésuites de Goa ne songeaient d'abord qu'à Dieu ; des églises magnifiques laissaient à peine apercevoir les comptoirs. Mais le système de prêcher la bonté avec férocité, d'appuyer la charité par des tourments, ruina à jamais leur grandeur. La Hollande, servie par des marins frauduleux et des marchands frauduleux, n'eut pas les grands projets que l'Angleterre développa peu à peu, avant de vaincre enfin, à la fois les Tartares, les Arabes, et de soumettre toute cette immense, magnifique et lumineuse presqu'île. L'Angleterre, qui ne fit jamais rien pour l'Italie, pour la Pologne, suivit dans l'Inde un ouvrage sans bornes par ambition, par hasard, par intérêt. Les événements prirent des proportions qu'on ne prévoyait pas. Le commerce nous conduisit à la politique ; ces guerriers centaures de la Tartarie et de l'Arabie, qui avaient dû leurs conquêtes à leurs chevaux, furent vaincus par les cavaliers de l'Angleterre.

Mais nous n'avons pas le Kachemire, qui est la plus belle et la plus charmante province, comme ses habitants sont les plus beaux et les plus spirituels des Indiens. Il est vrai que nous possédons Ceylan, aussi renommé que Kachemire. Dans un des royaumes de Ceylan il était défendu d'avoir des esclaves ou des domestiques, afin d'éviter la mollesse. Les habitants en sont si gais et si heureux qu'ils chantent tout le long du jour. Croiriez-vous qu'il y avait sur la côte de Coromandel, un prince qui prenait le titre de roi des rois et mari de mille femmes ?

Caboul est une ville indienne mais détachée, bien bâtie, fortifiée. Les Tartares y viennent vendre tous les ans plus de soixante mille chevaux. Jadis les souverains des Indes y étaient couronnés. Les Afgans étendent tout autour leur brigandage.

L'adresse des ouvriers indiens est étonnante : un forgeron porte tout son établi avec lui, et légèrement, les outils sont parfaits. Un cordonnier tue une chèvre et en livre les souliers vingt-quatre heures après. Leur monnaie est admirablement travaillée. Nul autre pays, si vaste, si beau, si riche, les villes sont immenses, le luxe prodigieux, et la nature y surpasse tout par sa magnificence.

Siam n'a que deux ou trois millions de population. Là, Dieu meurt et il a un successeur. L'homme peut devenir Dieu, mais il lui faut subir des épreuves extravagantes. Ils ont un paradis et un enfer et des moines en grand nombre. *Cœur bon*, là, signifie content. Ils disent : si j'avais cela, moi alors *cœur bon*.

Les Indes ne sont pas, comme la Chine, livrées à la bourgeoisie. Elles ont une noblesse, des brames, des rajahs qui maintiennent des maximes hautes, des mœurs fières, et dont les richesses et les terres assurent la probité. La bourgeoisie, sous ces seigneurs, est marchande et assez habile. Mais la paresse et la langueur sont produites par la chaleur. L'Angleterre, le peuple le plus froid et le plus actif, a soumis les Indes, et le premier être créé par Brama s'enfuit au désert pour se plonger dans la méditation jusqu'à la fin des siècles; neuf richis, produits par un second effort de l'Eternel, se refusèrent de même à l'action.

A Prudence. — Cependant les combats entre les Tartares

et les Arabes n'ont pas cessé ; c'est dans l'Afgan et le Balouk que les querelles se renouvellent sans cesse. Les Arabes sont beaux ; ils ont de grandes manières, une hauteur, une élégance que les Tartares n'ont pas, et qui efface celle de l'Europe. Ces deux races éternelles, éprises de leur sort vagabond, ne seront jamais domptées. J'ai eu des relations chez elles, j'ai connu des kans et des émirs, les uns meilleurs, les autres plus nobles. Ce qui est frappant chez ces deux races, c'est leur caractère porté dans des espaces sans bornes et reconnu chez chacune à la première vue. Dieu les a préservés à jamais des maux de la civilisation et s'ils n'en ont ni les grandeurs ni les délicatesses, ils n'en auront ni les maux affreux, ni la santé ruinée, ni les bassesses.

L'Arabe, d'un aspect noble, majestueux et mélancolique, ne s'était pas élevé jusqu'à l'immortalité de l'âme dans la Judée, mais l'Arabe de la Chaldée la reconnut. Les Arabes la connurent-ils dans le reste de l'Arabie ? Aujourd'hui les trois religions qu'ils ont créées dominent presque le globe entier. *Arab*, dans leur ancienne langue, signifie *désert*, et *Bédouin*, signifie *homme du désert ;* ce désert immense de l'Arabie, et celui du Sahara, en Afrique. Les Syriens mêmes regardent les Bédouins comme des hommes extraordinaires ; les plus éloignés sont petits, grêles, noirs, avec les cheveux crêpus, des jambes composées seulement de muscles, et la poitrine collée au dos. Ceux-ci méprisent les Arabes plus beaux et adoucis des bords du désert. L'habitude de la diète empêche l'estomac des Arabes de se développer. La lutte de tribu à tribu n'a qu'un seul combat, les vaincus fuient dans le désert, mais les ressentiments (à moins de compositions) sont violents et éternels. Leurs mœurs et leurs idées sont hautes : un Dieu adoré sans superstition, Mahomet accepté mais sans fanatisme : — Il n'a pas établi cette religion pour nous, disent-ils, comment faire des ablutions sans eau, des aumônes sans richesses, jeûner durant le ramadan, nous qui jeûnons toujours, et d'ailleurs pourquoi aller à la Mekke si Dieu est partout ? — La tribu est libre et composée de nobles et de guerriers ; c'est l'organisation qu'avaient les Francs, les sauvages de l'Amérique, les peuples neufs et obligés aux combats. Le chaïk ou seigneur ne peut tuer un Arabe sans périr lui-même; les gens de la tribu s'appellent *ses enfants*, on le dépose s'il est tyrannique. On peut passer dans une autre tribu. Ils vivent dans un grand loisir. Les guerres et les affaires sont décidées à la majorité des voix. Les premières qualités du chaïk doivent être la générosité et la justice. La rapine n'est exercée que sur l'ennemi ou les voyageurs inconnus, car ils exercent l'hospitalité et sont dévoués à leurs hôtes. Les Germains voulurent garder ces mœurs errantes pour être toujours prêts à la guerre. Le chaïk doit assembler ses nobles, les défrayer, leur proverbe est *main serrée, cœur étroit.* Celui chez lequel j'habitai dans le pays de Gaze, le plus puissant de ces cantons, n'avait que quelques pelisses, des tapis, des armes, des chevaux, des chameaux, le tout valant peut-être 50,000 francs. Tel chaïk qui commande à cinq cents chevaux, soigne lui-même le sien ; sa femme, dans sa tente, fait le ménage ; ses filles et ses parentes lavent le linge, comme les princesses d'Homère, et vont avec un voile et une cruche sur la tête chercher de l'eau à la fontaine. L'homme pauvre, c'est celui qui n'a pas de jument, les juments sont préférées aux chevaux ; elles résistent mieux à la fatigue, à la faim, à la soif, elles demandent moins de surveillance, et elles habitent la tente avec leur poulain. C'est en avril qu'on les donne aux chevaux. Pour la lancer à la course l'Arabe courbe un peu le corps, et la jument à ce signe vole. Un autre animal encore rendit praticables les déserts de l'Arabie et de la Tartarie, c'est le chameau, dont les Tartares on rempli la Chine.

Les Bédouins ont l'esprit noble, délicat, éveillé, la passion des romans d'amour et des descriptions de la beauté des femmes, comme dans les *Mille et une Nuits*. Le soir, assis à terre à la porte des tentes ou sous leur couvert s'il fait froid, autour du *petit feu* de Tibulle, ils rêvent en silence jusqu'à ce que l'un d'eux commence une longue et vive histoire des amours d'un Arabe, un jeune chaïk qui aperçut sa maîtresse à la dérobée et en devint éperdument épris ; la jeune et belle Bédouine avait les yeux brillants et doux d'une gazelle, un regard mélancolique et passionné, des sourcils courbés comme deux arcs d'ébène, une taille droite et souple comme une lance, la démarche légère comme celle d'une jeune pouline; ses paupières étaient noircies de *kohl*, ses lèvres peintes de bleu, ses ongles de *henné*, couleur d'or, sa gorge ressemblait à deux grenades, et ses paroles étaient douces comme le miel. *Le jeune amant se consumait de désir et d'amour, et son corps ne donnait plus d'ombre :* obstacles des parents, enlèvement par l'ennemi, captivité des deux amants, mille situations touchantes, et enfin union et bonheur à la tente paternelle, et le cri *divin*, jeté par l'auditoire enchanté ! Ils ont des chansons pleines d'un amour chaste et passionné, car tour à tour la chasteté et la passion, enivrées l'une par l'autre, font les rêveries et les délices du désert. L'amour est le fond de la vie des Bédouins. Un d'eux me disait : — Pourquoi veux-tu retourner dans ton pays, puisque tu sais porter la lance et courir un cheval comme un Bédouin ? Reste, nous te donnerons une belle et fidèle Bédouine et une jument de race. — Mais ta religion ? — Ne vois-tu pas que les Arabes vivent sans soucis du Prophète et du livre (le Qôran). Nous ne suivons que la conscience : les actions sont devant les hommes, la religion est devant Dieu : Dieu est juste, il pèsera dans ses balances. — Ces vertus se retrouvent chez les Kourdes et semblent attachées à la vie pastorale.

J'ai vu partout que l'homme simple arrive à des idées justes sur Dieu et l'immortalité de l'âme. C'est l'ambition des prêtres et des rois, c'est la puissance qui maintient les religions riches et compliquées et leurs superstitions. On n'a vu chez les Arabes qu'une tribu féroce. C'est celle de Moïse autrefois. Comment prodigua-t-il si horriblement la peine de mort ? Est-ce Mahomet qui a adouci les Arabes, lui conquérant redoutable, mais homme moins féroce que Moïse ? Chose curieuse, à Alger, c'est l'Arabe qui a la philosophie, la tolérance et la communauté des terres, et c'est la France qui apporte l'idolâtrie, l'intolérance et le partage des biens !

J'ai voulu égaler ces barbares à cheval et à pied, marcher aussi longtemps qu'eux. Je l'ai fait, mais non sans de grandes fatigues, tandis qu'eux n'en éprouvaient point. J'ai changé ma santé délicate en une santé de fer, et j'ai vu que la santé ne vient que d'un exercice continuel et forcé, car pour que l'homme ait toute sa force physique, il faut qu'il souffre un peu. Celui qui se repose et met tout en équilibre n'aura pas la vigueur de celui qui souffre un peu et va au delà. Cavalier de l'Angleterre, je croyais connaître les chevaux, mais je ne les connaissais pas : soit que le cheval anglais soit trop bête ou que je n'aie pas su le former, je n'avais jamais su qu'on pouvait amener le cheval presque au rôle du chien, malgré ses mauvais yeux qui voient trouble, à ce que je crois. Le cheval tartare vous suit, vous comprend comme le cheval arabe, mais comme ces peuples centaures j'ai préféré la jument, plus douce, qui ne hennit pas et vous suit partout avec son petit. Rien n'est propre comme un cheval tenu avec soin, il se range à vos mœurs. Mais je ne trouvais plus le péril du cheval anglais. Si vous vous figurez un âne rapide dans sa faiblesse et sa petitesse, tel est le cheval tartare ou arabe, celui-ci plus beau, mais tous deux singulièrement doux et mesquins pour un Anglais. Aussi, quoique ces hommes soient les plus robustes et les plus endurcis, l'Européen seul connaît les grands périls, la guerre dans sa puissance ; l'Européen seul connaît le courage froid, raisonné, intrépide, lui seul combat en jugeant le combat, en détestant le sang et en gardant un cœur discipliné et un cœur humain.

Mais parmi les hommes, je cherchais l'amitié ; je l'ai trouvée. J'ai laissé au Caboul et au Sindhi des Tartares et des Arabes qui me seront toujours chers. Nous avons échangé avec sincérité nos cœurs, nos armes, nous nous sommes donné ces preuves de dévouement qui s'offrent dans les longs voyages, les périls. J'ai préservé quelques Arabes du ressentiment des Tartares ; j'ai sauvé quelques Tartares de la fureur des Arabes. Sous leur aspect farouche souvent une sensibilité rude mais profonde se rencontre ; ils pleurent comme des enfants. Le Tartare est abandonné ; l'Arabe, qui est toujours noble, se tient plus fidèle à une dignité grande et naturelle qui fait comprendre comment ces hommes-là se croient les plus près de Dieu. Vous me demanderez : Et l'amour? Quoi ! auprès de ces femmes sauvages ? Les femmes tartares ne brillent que par le courage, la franchise, elles ne sont pas belles. Les femmes arabes sont belles, voluptueuses, jalouses, mais nulle culture de l'esprit ne les rend attrayantes. Dans la Chine, dans les Indes, on voit peu de femmes, mais on retrouve des esprits exercés et délicats. Je ne les cherchais pas, je cherchais la barbarie.

A Prudence. — Vous réclamez la suite du voyage? Mais ne vaudrait-il pas mieux nous voir? C'est là où je vous attendais. J'espérais que vous m'accorderiez enfin d'aller vous raconter moi-même ces voyages où vous m'avez poussé? Je n'en ai pas la récompense. Si vous n'étiez pas libre, je n'aurais rien à demander, mais le sort nous seconde. Songez combien un récit est différent dans une lettre ou dans une conversation. Devinez ce que je n'ose dire.

A Walter. — Au contraire, vous êtes maître du récit dans une lettre, vous ne dites que ce que vous voulez dire, c'est comme un ouvrage que vous préparez. Quel besoin de se voir? Vous dites que *le sort nous seconde*, mais comment donc? Comment pouvez-vous dire cela? Vous êtes un homme étrange, et pour éloigner certaines discussions, je vous dirai, puisque vous allez arriver aux nègres dans votre récit, que je me suis toujours émerveillée qu'on parlât de leur bêtise, de leur infériorité, quand la civilisation vient d'eux. Les Egyptiens n'étaient-ils pas des nègres, comme on le voit par leurs monuments, leurs images ; nez, lèvres épaisses, chevelure crêpée, couleur, il ont tout des nègres, et c'est leur génie qui instruisit d'abord la Grèce, l'Italie, l'Europe. Les Ethiopiens étaient aussi des nègres.

Ne craignez donc pas de les louer, puisque la civilisation nous est venue d'Afrique, et, sans nous voir, reprenez votre récit.

A Prudence. — Les Portugais nous ont ouvert l'Afrique. Laissez-moi donc me guider d'abord par les chants entraînants de Camoëns, le héros de ces rivages. Vous avez dit que la politique a sa poésie, qu'il y a une poésie de l'histoire, c'est celle de Camoëns. Il dit :

« La rive que nous suivions est foulée par de nombreuses tribus des Jalofs et des Mandingues qui livrent à nos mains industrieuses l'or dont cette terre est parsemée. La Gambie y déroule ses flots, et court, en serpentant, se perdre dans l'Atlantique.

« Nous passâmes les Dorcades, ancien séjour des Gorgones. O toi, dont la chevelure ondoyante enflammait Neptune au fond des eaux et jusqu'au pied des autels de Pallas, toi que la Déesse indignée punit si cruellement de l'audace du souverain des mers, ô Méduse, ce sont tes serpents qui peuplent encore ces déserts.

« La proue tournée vers le midi, nous allions sillonnant ce fleuve immense, observant tour à tour les sommets de Sierra-Leone, le cap des Palmiers, l'île qui porte le nom de cet apôtre dont la main toucha le côté d'un Dieu ; le Zaïre enfin, dont les flots amoncelés luttent avec l'onde amère sur une plage où nous régnons. Il arrose le royaume de Congo, l'antiquité ne l'a point connu ; les Portugais ont planté la croix sur ses bords.

« Nous avions dépassé la ligne ardente qui partage le

monde, lorsqu'un astre nouveau vint nous offrir sa bienfaisante clarté (1). Nocturne flambeau du nouvel hémisphère, il brille sur un ciel moins étoilé que le nôtre et domine le pôle antarctique. Son existence avait paru jusqu'alors incertaine ; on doute encore s'il luit sur des terres ignorées ou s'il n'éclaire que des flots.

« Chaque jour nous éloignait des régions de l'équateur, de ces climats inconstants où le soleil, dans sa course d'un pôle à l'autre, renouvelle deux fois la saison des zéphyrs et la saison des tempêtes. Chaque jour Arcas et Callisto s'abaissaient derrière nous. Nous les vîmes enfin se baigner dans les eaux de Neptune en dépit de Junon.

« Te dirai-je les redoutables phénomènes dont la mer est le théâtre, les bourrasques subites, les noirs ouragans, les nuits ténébreuses, les longs éclairs qui sillonnent le ciel, les éclats de la foudre qui ébranlent le monde ? Immense et vaine entreprise qui tromperait les efforts d'une voix de fer.

« L'inculte raison du nautonier, bornée aux leçons de son art, s'abandonne au rapport trompeur des sens. Pour lui tout est prodige, il n'appartient qu'au génie, éclairé par le savoir, d'apprécier d'un coup d'œil les accidents variés de ce mystérieux univers.

« J'ai vu des feux brillants s'élever du milieu des tempêtes et d'un cercle de lumières environner nos mâts. Heureux présages d'un calme prochain, le matelot, battu par l'orage, les prend pour des génies secourables qui ramènent la paix sur les mers. »

Comme Camoëns, je cessai durant la nuit et pour la première fois de ma vie, d'apercevoir la grande Ourse dans les cieux, et bientôt comme lui j'entendis avec joie crier terre !

« Les montagnes de la côte se dessinaient dans le lointain comme un amas confus de nuages. A l'instant les ancres se disposent, les voiles se replient. L'astrolabe, invention du

(1) La croix du sud, composée de plusieurs étoiles

génie, qui saisit les astres dans l'espace et mesure la distance qui les sépare de la terre, l'astrolable va nous apprendre à quelle partie du ciel répondent ces bords inconnus.

« Une rive spacieuse nous reçoit. Mes compagnons se dispersent, curieux d'explorer une contrée que nul Européen n'avait encore parcourue. Moi, je reste sur la plage avec mes pilotes, cherchant à déterminer le point où nous sommes. J'interroge tour à tour la carte du monde et le tableau du rivage.

« Nous étions entre les tropiques où règne Amathée et le pôle austral, où, sous des montagnes de glace, la nature a caché ses derniers ouvrages. Je m'occupais à fixer mes observations fugitives quand je vois revenir à moi plusieurs de mes compagnons entraînant un noir Africain. Ils l'avaient surpris sur la montagne au moment où il ravissait les doux trésors de l'abeille.

« L'œil hagard, il tremble, il s'agite. Sa langue articule à peine quelques sons confus, aussi barbares que sa figure. Tel parut aux yeux d'Ulysse le farouche Polyphème. Je cherche à calmer sa frayeur, à flatter son goût pour la piquante saveur des aromates, à l'éblouir par l'éclat d'un argent pur et poli, ou de ce métal plus riche encore dont les dieux avaient revêtu le bêlier de Colchos ; il reste plongé dans sa stupide indifférence.

« Mais des grelots ont retenti à son oreille, des grains de cristal, un bonnet couleur de pourpre, ont frappé sa vue ; ses cris soudains, ses regards, ses gestes animés, expriment sa surprise et sa joie ; ce trésor est dans sa main, il le reçoit avec sa liberté et prend sa course vers la peuplade voisine. »

Le nègre aujourd'hui est le même, passionné pour les grelots, pour un morceau de pourpre, mais il accueille les blancs avec une douceur que Camoëns n'éprouva pas. Ecoutons-le raconter les périls qu'offraient alors ces côtes.

« Dès l'aube du jour suivant, d'autres sauvages noirs et nus comme lui descendent de leurs rochers et viennent demander leur part des mêmes richesses. Ils se montrent bientôt si familiers que Velloso cède au désir d'aller avec eux visiter la contrée. Il les suit à travers les bois.

« Parmi les guerriers que l'honneur attache à ma fortune, il n'en est point qui le surpasse en audace. Inquiet de son imprudence, j'observais attentivement la route qu'il avait prise quand tout à coup je le vois reparaître à la cime de la montagne, revenu plus vite qu'il n'était parti, et marchant vers la mer.

« Une chaloupe s'avance pour le recevoir, mais un nègre s'élance sur ses traces ; d'autres le suivent, leurs mains levées sur lui vont l'atteindre et le saisir ; je vole à son secours. La rame, à coups pressés, frappait les ondes quand un bataillon se découvre, semblable au nuage épais avant-coureur de l'orage.

« L'orage éclate : une grêle de pierres et de flèches obscurcit les airs. Elles ne furent pas lancées au vent ; cette jambe en reçut une blessure : j'en porte encore la cicatrice. Le mousquet répondit aux traits des barbares, et sur leur corps ensanglanté imprima la vive couleur dont ils avaient paré leur tête.

« Heureux de ramener avec nous notre imprudent compagnon, nous retournons à nos vaisseaux, abandonnant sans regrets de misérables sauvages dont l'ignorance égalait la perfidie. Jamais leurs grossières nacelles n'avaient vu d'autres flots que les flots de leurs rivages. La terre que nous cherchions leur était inconnue ; ils savaient seulement qu'elle était encore loin de nous. »

C'est dans ces mers nouvelles et après cinq jours encore de navigation, qu'apparaît à leurs yeux le génie des tempêtes, un spectre immense et menaçant, à la barbe fangeuse, à la chevelure chargée de gravier, qui s'écrie : « O peuple ! le plus audacieux de tous les peuples, navigateurs infatigables, guerriers invincibles, il n'est donc plus de barrière qui vous arrête ! Il leur prédit des revers, il dit :

« Je suis le génie des tempêtes, j'anime ce vaste promontoire que les Ptolémée, les Strabon, les Pline et les Pomponius, qu'aucune génération passée n'a connu. Cette cime qui regarde le pôle antarctique, jusqu'ici voilée aux regards mortels, s'indigne de votre audace. Je suis l'un des géants qui firent la guerre aux dieux, je les combattis sur l'Océan, et mon nom est Adamastor. »

C'est par ces créations sublimes que Camoëns a pu dire :

« Oh ! qu'il est doux de commander l'estime de l'Univers, de mêler son nom à celui des héros, d'occuper à son tour les doctes veilles de l'historien et du poëte ! C'est au récit des grandes actions, c'est aux accents de la lyre héroïque que s'enflamment les âmes généreuses. »

Sans doute, ces nègres sur lesquels Gama imposa bientôt le joug du Portugal, ont une tête affreuse comme les Egyptiens, mais de loin, dans le paysage, leur couleur est très-belle; ces sauvages soignent beaucoup leurs corps, noircissent encore leur peau, la rendent unie et luisante ; ils sont très-propres et passent leur vie dans l'eau. On voit, par leur différence d'avec les Tartares, comme un beau climat est favorable.

Ils ne sont pas *sauvages*, car ils connaissent les trois gouvernements monarchique, despotique et républicain. Leur despotisme même est modéré. Ils ignorent les supplices. Les supplices suivent la puissance dont les avantages, d'ailleurs incomparables, entraînent tant de maux. Leurs diverses religions sont douces, basées toutes sur un Grand Dieu et sur l'immortalité de l'âme. Ils ont essayé et abandonné le christianisme, qui ne convient pas à leur polygamie ; un nègre qui n'a que cinquante fils, se plaint de ce petit nombre. Leur nourriture est si facile ! Ils vivent de fruits, de racines, et sont très-sobres. Une femme n'est jamais embarrassée pour la subsistance de ses enfants, et les nègres sont les hommes qui aiment le plus les femmes. Ils les estiment toujours ; ils gardent leurs épouses avec jalousie, mais nul mépris ne suit les femmes libres dont les jeunes gens, dans ce pays-là, ont tant le goût. La sincérité des cœurs et des mœurs est partout : les négresses nues, sans paraître honteuses, n'ont rien que de décent et de modeste dans leur contenance : « De quelque côté, disait le Père Ambroise, missionnaire italien, que je tournasse les yeux dans ces riants séjours, tout ce que j'y voyais me retraçait l'image parfaite et sensible de la pure nature. Une agréable solitude qui n'était bornée que par la vue d'un paysage charmant, la situation champêtre des cabanes au milieu des arbres, l'oisiveté et la mollesse des nègres, couchés sous l'ombre, la simplicité de leurs mœurs et surtout cette touchante et modeste nudité, tout me rappelait les jours heureux de nos premiers pères dans le paradis terrestre. » Retraite qui n'êtes plus l'Océan glacial ni le désert brûlant de l'Atlas, bois profonds et paisibles, hommes oisifs et charmés, qui vivez près de Dieu et qui sentez Dieu parmi vous ; vastes et heureux espaces, ignorés et même niés des hommes civilisés ; amour, amour que la société environne de scrupules, de luxe, d'entraves, de crimes, de piéges ; amour que le nègre sans défiance a fait l'âme de sa vie, amour, régnez donc du moins en quelque lieu, sur ces fronts bronzés, dans ces cœurs ardents, dans ces imaginations séduites, au milieu de ces femmes modestes ; et que l'innocence soit la seule arme qui brille pour vous préserver et vous défendre.

L'*Angola* ou le *Benguala* est une province détachée du royaume de Congo ; des chefs particuliers, nommés *sovas*, gouvernent chacun un district sous l'autorité du roi. C'est une royauté mêlée d'aristocratie. L'accord et la paix sont maintenus avec douceur ; le roi réside sur une montagne où est son palais. J'ai vu des districts si peuplés que nous ne faisions pas deux ou trois milles sans rencontrer un village. Les Portugais exigeaient autrefois tous les ans, quinze mille nègres d'Angola, levés et livrés avec douleur. Dans quelques parties inondées, les nègres habitent sur les arbres et ont des canots. Leur confiance est accordée à des hommes tantôt inspirés, tantôt imposteurs qui leur donnent des fétiches. Chose curieuse ! le langage du Congo ressemble à celui des côtes de Barbarie, située bien plus haut ! Dans quelques parties on n'a point de roi, et des chefs dirigent chaque village. Ces peuples, en adorant le grand Dieu, adorent aussi une multitude de divinités inférieures appelées *Mokissos*. Les Portugais élevaient des forts dès qu'ils le pouvaient pour se mettre en sûreté, mais la douceur des nègres était extraordinaire ; ils recevaient les blancs comme leurs maîtres.

Au Congo, les nobles, quand ils sont disgraciés et exilés de la cour, s'unissent pour voler sur les grands chemins jusqu'au rétablissement de leur faveur; les routes, très-étroites, ne sont pas toujours sûres. Parfois le prince bannit les coupables dans une île; ensuite il leur pardonne et les emploie. Ils ignorent les tortures. Ils chantent et dansent après leurs médiocres repas : doux, sociables, polis envers les Européens, soumis aux missionnaires, traitables dans les affaires de commerce et dans la vie, quoique sujets à des mouvements de fierté et d'emportement, leur conversation est vive, enjouée, pleine de raison, et ils s'expriment avec tant d'agrément que ceux qui savent leur langue sont charmés.

Quoique souvent en guerre avec leurs voisins, leur guerre est molle et vite terminée. Ils évitent de donner la mort. Ils tirent leurs fusils *en l'air*, et leurs flèches *en l'air*, puis ils tirent quelques coups véritables, et des deux côtés, on se retire. Qui sont donc les *hommes* d'eux ou de nous?

Dans le royaume despotique de Benin, on nourrit les pauvres et les vieillards; personne n'est misérable. Le despotisme, il est vrai, entraîne des maux, et vous avez remarqué qu'ils immolent des esclaves dans les fêtes et à la mort des rois. Ces princes nègres sont beaux, spirituels, élégants et presqu'adorés en apparence.

Les plus polis sont les noirs de Juda ; ils parlent à genoux à leur père, à leur mère et à leurs supérieurs. Là les dévotes mourantes font acheter des femmes qu'elles établissent pour les passants. Le roi de Juda est entouré des grands de son royaume.

Le royaume de *Fetu* a sa capitale située dans les terres. Abrambo, ville de cette contrée, est grande, bien peuplée et célèbre par une assemblée de tous les sujets que le souverain y appelle chaque année dans un temps marqué. Elle dure huit jours, durant lesquels le peuple ne fait que danser. Le roi, assisté de ses ministres et des facteurs anglais du cap

Corse, y juge les procès qui n'ont pu être terminés dans les tribunaux inferieurs. Le royaume est électif.

La meilleure poudre d'or est celle du royaume d'Axim. Les nègres racontent cette belle fable, que Dieu leur fit choisir entre la science et l'or, qu'ils choisirent l'or, et que c'est pourquoi les blancs dominent.

Les Issinois de la côte d'Ivoire, au Sénégal, sont les mieux faits : ils frottent leur peau avec de l'huile de palmier, mêlée de poudre de charbon, ce qui la rend plus noire, douce et luisante ; ils ornent leurs cheveux de brins d'or et de coquillages. Les seigneurs, causant et fumant avec le roi, traitent avec lui des affaires, mais sans en rien révéler. Les nobles seuls font le commerce, et le roi crée un nègre à la fois noble et marchand ; puis, se tournant vers l'océan, il défend aux flots de nuire au nouveau noble, de renverser ses canots, de faire périr ses marchandises, et pour plaire à la mer, il verse dans son sein une bouteille d'eau-de-vie.

Les îles du cap Vert s'enrichissent par leur sel, mais ce que les nègres y cherchent le plus, ce sont les guenilles de l'Europe; un vieux chapeau, un vieil habit.

Au Sénégal il y a des villages qui sont un mélange de nègres, de Portugais et de mulâtres. Le Portugais, plus jaloux que le nègre, tue l'homme qui lui demande deux fois des nouvelles de sa femme. Les noirs, au contraire, cèdent leurs femmes aux blancs comme à leurs supérieurs.

Après le repas au Sénégal, les nègres ont un bal ou *folgar*. Les jeunes gens s'assemblent dans une place où l'on allume un grand feu pour les vieillards qui se chauffent en causant durant la danse. La conversation, qui se nomme le *karder*, est un de leurs grands amusements. Ils s'y expriment dans des termes nobles et choisis, avec une belle imagination, beaucoup de mémoire; ce ne sont que les seigneurs et les marchands, car le peuple est moins poli. Les cadets de Portugal venaient là jadis ou se faisaient moines pour s'abandonner au plaisir. Les villes sur la côte d'or ont chacune plusieurs femmes, dont ce plaisir est la destinée, et quand les Hollandais d'Axim avaient quelque querelle avec les nègres, le meilleur moyen pour les dominer était de leur enlever leurs *abeleres*. Les jeunes gens allaient aussitôt déclarer à leurs chefs que si on n'allait pas délivrer les prisonnières ils prendraient les femmes des chefs, menace qui avait à l'instant son effet. Ces femmes, très-honorées du public, ont un maître qui les dirige, mais si elles sont malades, elles meurent abandonnées.

Chez les Mandingos, au Sénégal, les grands mettent leur gloire à nourrir beaucoup d'esclaves, et ils les traitent avec tant de douceur qu'on peut à peine les distinguer de leurs maîtres. C'est un crime de les vendre, ce qu'on ne fait que pour les coupables.

Les *guiriots* sont des espèces de poëtes et musiciens dans le genre des troubadours. Les Mandingos sont mahométans, très-soumis à des marabouts ignorants.

Le major Cordon Laing donne ces détails : Ayira était roi des Soulimas, peuple au nord des Foulahs et leur ennemi : ces Soulimas sont grands, bien faits; leur capitale est Falaba, de six mille âmes. Ils ne connaissaient que le commerce des esclaves noirs qu'ils prennent dans la guerre. Ils ont une sorte de gouvernement libre, une sorte de parlement appelé palabre. Le roi et quelques anciens sont mahométans, et la jeunesse est païenne, ce qui produit une grande tolérance dans l'Etat. L'Angleterre cherche à les déshabituer du commerce d'esclaves pour leur faire exporter du riz, du café, etc., car ils savent bien cultiver. Les femmes vont aux champs, les hommes cousent et filent. Les femmes bâtissent les maisons, sont barbiers et chirurgiens; les hommes vont traire les vaches et laver le linge. Leurs mœurs sont très-relâchées. Ils sont intelligents, il serait facile de civiliser ces peuples. C'est ce que l'Angleterre essaye par sa colonie de *Sierra-Leone* qui est sur cette côte occidentale d'Afrique, non loin des Foulahs, et par sa ville libre des noirs, *Freetown*, où l'on civilise les pauvres noirs affranchis.

Les rapports du major Cordon Laing avec le roi des Soulimas furent beaux et intéressants. Ce prince avait l'âme élevée. Ce major courageux, héroïque, a depuis traversé le Sahara.

A Prudence. — Eh bien, voyez-vous mon idée? Quoi! Tandis que des millions de nègres dansent ou se reposent sous l'ombrage, des milliers d'ouvriers anglais dans un travail incessant, qu'ils prolongent encore par la *tâche*, se consument pour arriver à quoi! à payer l'impôt indirect en s'enivrant de bière ou d'eau-de-vie; l'ouvrier est placé entre le travail et l'impôt indirect; sa femme lui demande pour sa *toilette*. Mais bientôt, ruinée elle-même, elle est forcée de travailler comme lui, et elle commence à s'enivrer comme lui; les enfants enfin sont surchargés de travail, et dès qu'ils en meurent, d'autres enfants les remplacent; race inépuisable pour la misère! — Vous voulez donc ruiner l'Angleterre? — Non, madame, mais lui rappeler la vie *sauvage*, la modérer, lui donner plus de patience et plus d'humanité. Si vous ouvrez de nouveaux horizons à la connaissance, vous rabaissez l'orgueil national, les préjugés du logis. Un jour les enfants riches de Londres firent une souscription pour racheter les enfants chinois que des parents très-pauvres vouent à la mort. Quelle générosité! Comme l'Angleterre s'enorgueillit! Comme elle enseigne la fraternité à la Chine! Oui, mais les petits ouvriers anglais qui meurent à la peine, qu'en dira-t-on? Sir R. Peel, n'a-t-il pas prononcé ces paroles atroces: « Vous voulez diminuer les heures de tâche des jeunes tisserands adultes qui travaillent *au-dessus de leurs forces*. Mais que diraient les jeunes potiers, les jeunes chauffeurs et les enfants des mines, *tous chargés au-dessus de leurs forces?* »

A WALTER. — Un rêve m'est cher : ce serait de porter les études, les arts, les idées, chez vos nègres fins et oisifs. Ne sauraient-ils pas mouler le plâtre, tailler le marbre, chanter des vers, célébrer la nature dans leur heureuse vie? L'émulation et non pas la misère les exciterait. Je les vois habiles et sensibles à l'harmonie. Au lieu de missionnaires épais qui parlent de chute et de faute à ces hommes innocents, que ne leur envoyons-nous des artistes, des penseurs charitables qui les initient à nos hautes félicités. Je vous vois sourire. Mais pourquoi pas ? Puisqu'ils ne sont pas féroces, on risquera peu à les aborder. Vous l'avez fait. Le climat protégera leurs essais.

A PRUDENCE. — Civiliser les noirs ! Ah ! madame, comme vous m'avez peu compris ! Je suis plein de mon objet, de ces peuples innocents et oisifs, et voilà que vous voulez les rendre artistes ! Ils le sont par l'imagination et sans peine, et vous voulez leur apporter l'étude, l'attention, l'application, l'envie, toutes les passions de la gloire ; ils voudront briller, ils vont rivaliser ! Que deviendront l'innocence, le doux sommeil, la nonchalance au bord de l'eau ?

La question est cela : Qu'est-ce que l'Angleterre ? Un pays pauvre qui ne peut se suffire à lui-même, mais qui, par les combinaisons de ses chefs et les tortures de son bas peuple, est arrivé à une richesse pénible et périlleuse. Quoi de plus pénible et de plus périlleux d'ailleurs que la mer ? Combien de nos bâtiments périssent par an ? Le nombre en est effrayant. Le séjour ici-bas n'est pour l'Anglais qu'un passage rapide ; un dixième de la nation peut-être arrive à trente ans. C'est un peuple qui fait perpétuellement un tour de force, qui vit en équilibre. C'est beau, mais félicitons-nous qu'on n'ait de cela qu'un exemple. Du moins présentons cet exemple dans sa vérité ; et ici, comprenez mon idée, vous

Française, et entrez-y. En montrant l'Angleterre comme elle est, en comparant son bas peuple aux Tartares, aux Arabes, aux nègres, on en prendra pitié, on craindra d'imiter cet excès d'industrie; les nations d'Europe, encombrées de terres, continueront de les cultiver doucement et sans excès au lieu de se jeter dans des créations de boutiques, de magasins et de manufactures. Il en faut sans doute, mais pas autant qu'on en établit. L'Angleterre ne prêche aux nations que des routes, des échanges; elle fait lire Voltaire au Portugal pour obtenir là la tolérance; mais ailleurs cherche-t-elle à éclairer l'esprit des hommes? Elle ne s'adresse jamais qu'à la marchandise. Ses belles institutions, sa liberté, sa religion, sa tolérance, elle les garde pour elle, mais elle prêche partout la richesse, la dépense, la conversion infernale du 5 en 3 pour 100, qui pousse à l'agiotage, et enfin cet impôt indirect qui pèse sur la femme misérable et ses enfants.

Je vois la France, sous votre vieux roi, se jeter dans ces voies désastreuses; la France que Richelieu appelait aux lettres, à la gloire, à la générosité pour tout écrivain distingué en Europe; lui un cardinal, toujours armé contre le Pape, lui qui voulait avoir un archi-prêtre indépendant, un patriarche en France indépendant de Rome; lui qui entendait par monarchie, grandeur, et qui voulait que celle de la France surpassât les autres en grandeur! Louis XIV suivit ces voies, sans une habileté ni une prudence égales; en 89 on voulut aussi le bien du genre humain et sa grandeur; mais en accueillant la liberté anglaise, on a trop cherché la richesse anglaise. Imitez la liberté de notre pays, mais restez plus nobles, comme vous le fûtes toujours, et plus généreux. Ces sauvages, ces habitants heureux et libres des beaux climats, ressemblent à votre peuple français, qui a un travail facile, une culture douce, et qui continuera de jouir si on ne le pousse pas dans les usines, dans les mines et les manufactures. Vos enfants du peuple sont encore libres; Dieu vous préserve de les mettre au travail quand ils n'ont ni force ni connaissance. Et l'Allemagne, et l'Italie, et l'Espagne, qu'on se garde de les arracher à l'agriculture pour les faire industrieuses et marchandes!

L'Italie a le même nombre d'habitants que l'Angleterre et les nourrit sur son sol, paysans endormis mais heureux et non pas ouvriers épuisés. L'Italie doit consulter son génie, réformer sa religion, se livrer aux arts, à la musique. Que chaque nation étudie le génie des peuples et son propre génie. Ce qui a donné à l'Angleterre sa richesse, ce grand développement de forces en tous genres, c'est *la liberté.* Ceux qui veulent n'imiter que son industrie n'en prennent pas le vrai chemin. Mais tout peuple peut-il fournir l'univers? Si chaque nation produisait autant de marchandises que l'Angleterre, que ferait donc l'Europe, déjà encombrée des marchandises anglaises ? Chaque peuple a son caractère, et doit avoir sa supériorité. La première qualité de l'Angleterre, c'est la liberté, et la liberté donne l'autorité à l'intelligence. Que partout d'abord l'intelligence ait l'autorité, et l'on saura se garantir d'une imitation fausse. Il fut un temps où chaque Etat brilla d'un éclat propre : Le Portugal, par une navigation hardie, ouvrit le chemin. L'Espagne fonda un immense empire et découvrit l'Amérique. La France enseignait la guerre et la littérature. Comment tout à coup l'industrie écrase-t-elle le reste et fait-elle oublier les chants, les camées, les arts de l'Italie? L'influence de l'Angleterre a quelque chose de grossier, d'épais et d'inhumain, car on ne compte ni les douleurs des femmes en proie à l'ivrognerie où pousse l'impôt, ni les enfants qui travaillent trop jeunes. Mais comment retenir mon pays? Quel moyen proposer? Personne ne domine chez nous ?

Ce qu'il faut faire? Je ne sais, je cherche. Je n'accuse pas *la liberté* qui a conduit l'Angleterre à ce grand développement, ni *l'aristocratie* qui rend ce développement solide ; mais je signale le danger. Un engouement du progrès a saisi l'Angleterre depuis Pitt. Pitt rencontra Adam Smith et ses doctrines sur la division du travail, l'industrie, etc. Smith, émerveillé de l'esprit de Pitt, disait que celui-ci comprenait mieux l'étendue du système qu'il ne l'avait compris lui-même. Le monde fut poussé à outrance par cette rencontre, ces doctrines, par les emprunts, les efforts mêmes de la guerre qui eussent ruiné une nation moins excitée et qui enrichirent cette fièvre.

Nous disions l'autre jour : *les gouvernements font ce qu'ils peuvent*, mais les nations aussi font *ce qu'elles peuvent.* On déplore la violence que Mirabeau et Chantfort imposèrent à la révolution, mais on voit leur motif, puisque tant de fois les meilleures intentions en France avaient été éludées. Ils craignirent le sort de leurs devanciers. Rousseau, d'ailleurs avec des vues sublimes sur les droits de l'homme, avait des données fausses qui égarèrent tous les esprits. Il suppose le genre humain avili, désolé, *ne pouvant plus retourner sur ses pas*, et joué à l'origine par la société riche ; il dit ces paroles dangereuses : « Qu'il faut examiner la balance à la main : si le progrès des connaissances est un dédommagement suffisant des maux que les hommes se font mutuellement à mesure qu'ils *s'instruisent des biens qu'ils devraient se faire?* Et s'ils ne seraient pas, à tout prendre, dans une situation plus heureuse de n'avoir ni mal à craindre ni bien à espérer de personne, que de s'être soumis à une *dépendance universelle*, et de *s'obliger à tout recevoir de ceux qui ne s'obligent à leur rien donner.* »

Mais la société s'est développée en haut et en bas dans une sorte d'accord providentiel qui n'était pas injuste au fond. Un complot contre les pauvres n'exista jamais. Un déplacement des peuples amena les barbares, mais leur bonté grossière laissa subsister les vaincus, cultivateurs des terres. Ceux-ci multiplièrent quand les seigneurs diminuaient de nombre : une population robuste et innombrable de serfs naquirent de toute part, et peu à peu s'affranchirent et formèrent des communes.

Presque partout, excepté en 92, les choses se sont passées avec une certaine modération. Rousseau n'a pas fait la part d'une sorte de providence qui semble présider en définitive à tout si elle n'éclate pas dans chaque détail. J'appelle une sorte de providence cet ordre éternel qui vient sans cesse remettre ici-bas le plaisir, l'harmonie. Rousseau pourtant dit de l'homme avec profondeur : « Ce fut par une providence très-sage que les facultés qu'il avait en puissance ne devaient se développer qu'avec les occasions de les exercer, afin qu'elles ne lui fussent ni superflues ni à charge avant le temps, ni tardives et inutiles au besoin. » La grande vue qui éclate en ces paroles, ne guida pas Rousseau dans son ressentiment contre les puissants du monde, qu'il rendit trop responsables des maux. Ces maux portaient sur eux d'abord : la puissance en s'établissant inventa l'assujettissement, les supplices ; la marche féroce de la puissance en Asie est la marche ordinaire de la puissance dans son ignorance ; ce n'est qu'à la longue qu'elle s'adoucit, et pourtant l'Angleterre qui prodigua la peine de mort, la prodigue encore !

La civilisation en améliorant les mœurs, les opinions, amena aussi des richesses dangereuses, des grandes villes, des masses d'ouvriers dont le sort inégal, hasardé, nouveau, ne s'était point vu sous le joug rustique des barbares.

Les colonies, je crois, sont le vrai remède, mais *comment en tirer pour la mère patrie les richesses que donne l'industrie ?* Voilà, il me semble, la question. Les ouvriers pourraient, il est vrai, par des associations qu'ils établissent déjà, s'affranchir de la misère, soutenir les grèves et les salaires. Le gouvernement n'aurait qu'à les seconder et à les éclairer. Leur travail et une direction habile mettraient dans leurs mains des sommes immenses.

Cherchez vous-même et donnez moi votre avis.

A Walter. — De quelle valeur serait mon avis ? Je ne vois les événements que de loin. Comme femme de lettres, j'aurais voulu beaucoup apprendre, mais l'ai-je su faire ? J'ai souhaité à la société une marche mesurée, et surtout de ne retourner jamais en arrière. Il vient un âge où l'on veut résumer ses idées. O femmes ! votre sort m'intéressa toujours. Je vous voyais plus timides, plus tyrannisées que moi. Ces nègres m'enchantent avec leur amour pour elles, et point de préjugés! Je cherche ce que sera le monde après nous? Peut-on croire à des républiques, à moins que ce ne soient de très-petits Etats comme ceux de la Suisse? La masse des paysans est bien difficile à instruire, et à quoi bon, excepté quelques-uns qui auront la curiosité et l'esprit? Mais si les gens riches, fuyant le commerce, créent de grandes fermes, et se jettent enfin dans une vie poétique, où la noblesse française est déjà retournée, alors les paysans prendront plus de lumière; les ouvriers seront moins nombreux, les gens riches en vivant au grand air seront plus heureux, plus humains, leurs enfants plus robustes et initiés à une instruction plus vraie, plus agréable, moins sèche et moins pédante. La société doit s'arranger des événements et en tirer parti. La France a trop voulu l'égalité, à l'école, à l'armée, et partout. Mais une aristocratie naturelle reparaîtra par son droit.

On a dit *égalité* pour renverser une inégalité factice, on dira *aristocratie* pour reformer les talents et accepter leur direction. Certes, sur cela on n'a pas à se plaindre. Il me semble qu'on voit de grands talents partout, et qu'on les suit avec fanatisme.

Nous trouvons la société, sous nos yeux, dans un état quelconque. Ce n'est jamais parfait. Quelquefois le moment est beau. L'histoire, si on la prend par longues époques, est composée par de grands événements; mais prise au jour le jour, elle paraît très-souvent terne et insipide. D'ailleurs on s'habitue si bien aux faits de son temps, on voit si bien venir les catastrophes, que quand elles éclatent, on n'en est pas très-frappé : pour nous ravir il faut que la beauté des faits égale leur importance. Quand Thémistocle gagna la bataille de Salamine, tout enivra dans cet événement : la délivrance de la Grèce, l'habileté prodigieuse du général, la défaite des barbares. Certains faits plaisent plus aux poëtes, d'autres aux hommes politiques. Les grands esprits, qui se trouvent à la hauteur des grands faits, n'admirent que ceux-là et dédaignent les autres. Ils se moquent du vulgaire. Ce vulgaire donne ordinairement le ton, car il est en nombre; il donne le ton surtout dans les démocraties, mais si on le dédaigne, il ne faut pas moins s'en occuper, car si le vulgaire des salons est ce qu'il y a de plus bête, le vulgaire de la rue, c'est le genre humain d'où vont sortir Shakespeare et Molière. Certaines circonstances pourtant restent à part de lui : ainsi l'astronomie n'a pas les masses pour but; les arts, la musique, la déclamation, la peinture n'ont pas les masses pour but. Les masses ont leur musique et leur peinture, leur littérature qui gâte un peu la bonne. Racine, en écrivant *Britannicus* et *Phèdre*, ne songeait point au peuple. L'éloquence, la diplomatie ne l'ont pas pour seul objet; leur but est aussi la gloire et la beauté.

Sacrifierait-on d'ailleurs à l'égalité les masses mêmes? Il y a aujourd'hui en Angleterre vingt millions d'habitants, faudrait-il n'avoir plus que quatre millions d'habitants égaux, pauvres, nourris sur le sol? Et resteraient-ils égaux? C'est impossible. Cela doit-il être préféré à ces vingt millions d'habitants inégaux qui vivent sur l'Europe, la surveillent et tiennent les Indes? Démosthène voulait qu'Athènes pérît pour le beau et s'immolât à la fin, sans espoir de succès, à la liberté de la Grèce.

Le nombre des habitants des comtés chez vous est, dit-on, d'environ *onze millions* et leur fortune imposable de *soixante millions* de livres sterling. Les bourgs contiennent *huit millions* d'habitants, dont la fortune imposable est de *quarante millions* de livres sterling. Et cependant la représentation des comtés n'est pas la moitié de celle des bourgs! On a cru favoriser les lumières en favorisant les bourgs; mais plus tard peut-être il faudra, pour sauver l'équilibre, augmenter la représentation de comtés. On se règlera sur le vrai nombre. Les Romains n'ont pas connu nos suffrages. Tous les pauvres formaient la sixième centurie qui ne votait presque jamais, et qui était la plus nombreuse. Les patriciens et les riches votaient seuls.

Les Anglais ont sur nous l'avantage de deux universités libres, qui dirigent les études comme elles l'entendent. Chez nous à chaque gouvernement une nouvelle règle pour les études. Le plus complet despotisme les dirige quand les vôtres sont menées par la science. L'Angleterre nous offre le type de la haute éducation : un corps indépendant qui a ses députés au Parlement. Jadis, ainsi notre ancienne université de Paris envoyait des députés aux Etats généraux et maintenait avec vivacité les quelques libertés qu'elle avait. Je lisais l'autre jour dans une notice que les revenus d'Oxford, appuyés sur ses possessions, s'élèvent à 120.000 livres sterling ou 3 millions de francs. Elle a treize collèges richement dotés, et cinq qui ne le sont pas. Elle compte trois mille étudiants dont mille environ sont nourris et instruits gratuitement. Les nombres seront plus élevés aujourd'hui. Son chef est un chancelier. Elle a un orateur public et deux députés au parlement. L'Université présente ses pétitions au roi, assis sur son trône. La ville d'Oxford a aussi deux députés. C'est ainsi que l'Université de Paris avait ses députés aux états généraux.

Les revenus de l'Université de Cambridge sont d'un million 300,000 francs. Elle a seize collèges. Le maire est subordonné à son recteur. Elle envoie deux députés au parlement et la ville deux. Elle a, comme Oxford, la prérogative de présenter ses pétitions au roi assis sur son trône. L'éducation élevée du pays dépend donc de la science seule. Le gouvernement n'a rien à y voir. L'éducation du peuple est de même indépendante sous la foi de la morale publique et privée.

Sans doute les institutions de l'Angleterre et la religion protestante font le plus grand mérite de ces universités, puisque nous voyons l'Université de Salamanque en Espagne avoir ses biens, son indépendance, et être détestable.

A Prudence. — On se réveille, on voulait tout arranger, on voit que le monde marche sans nous. Les Italiens disent un mot profond : *il mondo va da sè.*

D'ailleurs quand on voit dans l'homme un défaut particulier à lui, on peut n'en chercher que l'inconvénient ; mais quand on voit des défauts qui sont communs à l'espèce entière, alors il faut en voir l'intention et l'utilité. Sans doute l'Angleterre pousse trop au commerce, à la toilette. Mais si l'on a supposé qu'un antique langage et une antique société furent données dans l'Asie à l'homme par Dieu même, en Europe nous avons vu la civilisation naître autrement. La toilette, devenue aujourd'hui comme une décence publique, importe plus que la bonté. Les marchands et la société gagnent, mais la morale? C'est le système anglais. Les Anglais encouragent l'ivrognerie dans le peuple à cause des impôts indirects. Ils appellent la *morale* la fidélité de la femme à son mari, et du reste font céder la grande morale aux intérêts. L'Angleterre vit sur les autres nations et ne saurait s'en passer. Elle veut ainsi mettre, par des traités de commerce, toutes les nations dans la dépendance les unes des autres. Elle n'y réussira pas.

Remarquons deux choses : dans l'homme un besoin de ses semblables et de la conversation, un instinct qui le pousse vers eux. Et, dans la société, un besoin pour ses établissements, d'une continuelle surveillance, de sorte que la société réclame précisément ce goût, cet attrait qui porte l'homme vers elle. Tout sera balancé quand on pourra diviser le peuple en deux partis avec chacun ses journaux. Les ambitieux le plus souvent le trahissent. Cicéron disait que le peuple d'Italie était *bon*, il était pour la liberté contre César, contre Antoine, contre Octave, mais la force l'emporta.

Sparte a été le modèle politique de Platon et de l'antiquité, mais l'aristocratie de Sparte n'était qu'*élective*. La France peut donc prendre Sparte pour un modèle d'aristocratie. L'élection, en remettant la direction du pays aux hommes expérimentés et habiles, vous donnera seule un vrai gouvernement. En Crète, les *cosmes*, appuis du peuple, se prenaient dans certaines familles, et les sénateurs de ceux qui avaient été *cosmes*. Mais à Sparte, les éphores, appuis du peuple, et les sénateurs, se choisissaient partout.

L'Angleterre est très-peuplée dans les villes ; c'est le contraire en Italie ; en France il y a une sorte d'égalité. L'Angleterre ne produit presque qu'un blé excellent, vendu très-cher. Son peuple se nourrit de viande et paye l'impôt en s'enivrant.

Nous portons en quelque sorte le poids du grand caractère de Pitt. Les grands caractères enflamment le monde et en font sortir une vie double. Pitt arma l'Europe pour des années.

Où est le point où Dieu veut l'homme, la vraie civilisation? Le sauvage n'est pas dans l'état humain, puisque Dieu destine l'homme à la société. Dès qu'on accepte le monde et l'ambition, où s'arrêter? Richelieu, peut-on l'accepter? Pitt, peut-on l'accepter? On accepterait plutôt Pitt, mais Pitt c'est la science pure, sans humanité, sans bonté, sans sympathie pour la partie pauvre et faible du genre humain. La société moderne sans esclaves est, depuis le dix-huitième siècle, bien au-dessus de l'antiquité. Excepté Platon, tous les hommes antiques ont été atteints ou dépassés, comme Racine a surpassé Euripide. Nous ne comptons pas assez les grands poëtes parmi les penseurs, Dante, Milton, Corneille, Racine ont tout compris, la nature, l'homme, le pouvoir, l'histoire, la politique. Ils sont profonds, vastes, instructifs en tout. Nous parlons des pauvres ouvriers anglais, c'est une crise pressante, il faut les associer, les sauver, mais que de choses à faire aussi pour les talents, pour les gens de lettres! depuis Richelieu qui s'en est occupé? Quand les lettres ne sont pas encouragées, les esprits médiocres font la loi. Sans Richelieu, on n'aurait pas l'Académie.

A Walter. — Ce que vous m'avez écrit sur la cosmogonie des Indiens m'intéresse. Comme les soleils et les planètes sont habités et que des soleils sans nombre annoncent des mondes et des habitants sans nombre, avec une gradation d'êtres intelligents, ainsi nous devons soupçonner, comme font les Indes, des intelligences bien supérieures à nous, agissant d'après la direction du grand Dieu, ou même sans sa direction, mais par sa permission. Nous voyons l'intelligence, prodiguée dans l'immensité comme nous la voyons prodiguée sur la terre. De là de nouvelles vues et des clartés sur bien des choses et sur l'immortalité de l'âme.

Un philosophe l'a dit : « Ceux qui ne veulent reconnaître que la force centripète et la force centrifuge, sont comme de simples maçons qui, dans un palais magnifique, ne feraient attention qu'à son niveau et à son aplomb. »

Et à quoi servirait, dit-il, l'ensemble des ouvrages de la divinité s'il n'y avait pas des êtres qui en jouissent ? Les Pythagoriciens qui, de tous les philosophes de l'antiquité, ont le mieux connu la nature, croyaient que tous les astres étaient habités.

Il est vraisemblable, ajoute Bernardin de Saint-Pierre, que la nature 'a donné les mêmes proportions humaines à tous les êtres intelligents qui habitent les différentes planètes de notre système, comme il leur a donné le même soleil, qui renferme bien d'autres qualités que la lumière, puisque ses rayons font éclore tant de productions.

Bayle dit que s'imaginer qu'il n'y ait d'êtres intelligents que sur la terre, c'est une pensée tout à fait insensée :

Il dit : « La raison, l'esprit, l'ambition, la haine, la cruauté seraient plutôt sur la terre que partout ailleurs? Pourquoi cela ? En pourrait-on donner une cause bonne ou mauvaise? Je ne crois point. Nos yeux nous portent à être persuadés que ces espaces immenses que nous appelons le ciel, où il se fait des mouvements si rapides et si actifs, sont aussi capables que la terre de former des hommes, et aussi dignes que la terre d'être partagés en plusieurs dominations. »

Comme il y a dans un vaisseau un pilote qui en dirige la route, n'y a-t-il pas aussi dans chaque astre un être intelligent qui en dirige le cours ? Il y a sans doute dans les corps célestes des âmes qui disposent de leurs aimants, comme il y a sur la terre des âmes dans *les corps*. Bernardin de Saint-Pierre ajoute : « Peut-être chaque étoile, comme un soleil, a ses signaux particuliers dans les mouvements des mondes auxquels elle donne la vie ; peut-être tous leurs télégraphes, agissant à la fois, se communiquent leurs expressions, et expriment à l'infini des pensées ineffables qui ne sont comprises que par des êtres immortels. »

Bien plus ! il demande si l'océan de la lumière qui vivifie toutes choses n'échaufferait que quelques petites planètes à des centaines de millions de lieues les unes des autres ? Ne baigne-t-il dans son sein que quelques îles flottantes, et n'est-il pas ordonné à quelque continent dont il environne les rivages ? Ne nourrit-il pas quelques espèces d'êtres vivants, incorruptibles, indivisibles et d'une nature semblable à la sienne ? Pourquoi la lumière n'aurait-elle pas des habitants d'une nature céleste, semblables à la sienne ?

Le soleil *Sirius* est un million de fois plus gros que notre soleil (qui est lui-même un million de fois plus gros que la terre). Le globe de Sirius remplirait tout l'espace qui est entre la terre et le soleil. Les astres qui roulent autour de ce globe immense doivent parcourir des orbites inimaginables. Les années doivent être comme le *Kalpa* des Indiens qui est de quatre milliards d'années. Là la vie a des proportions qui nous sont inconnues ; la vie ! car nous sommes sûrs que l'existence, que la pensée est là, lumineuse, immense, sublime, en rapport avec Sirius. Notre planète, *Herschell*, la plus éloignée, est peut-être éclairée par Sirius.

J'ai entendu des gens demander comment on pouvait justifier Dieu de la création. Ces gens voulaient parler de la terre où il y a des maux, et il semblait, à les entendre, que Dieu n'avait fait que la terre et ses maux ; c'est cela qu'ils appelaient *la création*. Il s'agit bien de la terre dans la création. La terre n'y est qu'*un grain de sable dans le désert d'Ammon !* C'est ce que nous commençons à peine à comprendre. Nous commençons à peine à comprendre ce que Dieu a fait. Il a jeté, il a prodigué la vie dans l'espace, des vies diverses, à différents degrés, des soleils divers. Les Indiens, qui sont les Grecs de l'Asie, l'avaient compris. Ils avaient imaginé des génies dans les astres, des dieux divers, des divinités innombrables, sous la direction d'un grand dieu; et c'est en effet *ce qui existe, ce que nous voyons enfin par nos télescopes*. Nous irons plus loin qu'eux, e avec d'autres certitudes. Nous voyons que les soleils mêmes sont habités, puisque le rayonnement (comme l'a vu et l'a compris Herschell) n'est en quelque sorte que leur atmosphère. L'atmosphère embrasée du soleil donne la lumière et la chaleur à nos atmosphères. L'imagination, dit Bernardin de Saint-Pierre, ne peut former d'hyperboles assez exagérées pour atteindre à l'immensité de la nature. Il ajoute avec profondeur : « Les astres ne sont peut-être que la plus petite modification de l'existence. Il y a sans doute ailleurs d'autres matériaux, d'autres combinaisons, d'autres lois, d'autres résultats; il n'est pas vraisemblable que l'auteur de la nature qui a créé avec une intelligence infinie, une multitude d'êtres organisés, sur des millions de plans différents, pour peupler le globule de la terre si borné, ait répété toujours la même idée sidérale dans l'immensité d'un espace sans bornes. Nous ne sommes point en place ici-bas pour juger l'univers, nous petits êtres de six pieds, haletant sans cesse après mille besoins avec un souffle de vie. Son plan est hors de notre vue et de notre conception; la mort seule peut nous en montrer la réalité, comme la nuit, qui est l'image de la mort, nous en découvre quelques aperçus dans les étoiles. »

Il remarque que nous sommes si loin des étoiles les plus voisines que notre navigation de deux cents millions de lieues par an *ne change rien à leur position!* Quoique notre globe coure avec plus de vitesse qu'un boulet de canon, nous ne pouvons ni nous en approcher ni nous en reculer assez *pour changer seulement de point de vue*. Nous ne pouvons rien imaginer même au delà de ce que nous montre la nature. Les révolutions de nos pensées, comme celles de notre planète, nous ramènent toujours dans notre petite orbite. Il ajoute avec sentiment que nous ignorons où est le séjour de celui qui a produit tant de merveilles, quels plaisirs il s'est réservés pour son bonheur, lui qui en a tant créé de diverses sortes sur la terre pour celui des êtres sensibles. » Il remarque enfin que Dieu mettant cet univers immense, ces étoiles sans nombre, cette voûte céleste et infinie précisément en rapport avec l'œil de l'homme, a fait que ces merveilles se réfléchissent sur un point mortel ; il s'écrie : O profondeur de la toute-puissance de Dieu ! O sagesse infinie, vous m'anéantissez sous le poids de vos miracles ; mon intelligence succombe sous les prodiges de la vôtre, et si, sur la terre et dans un corps mortel, on peut en supporter un faible aperçu, pour surcroît de merveilles, je le dois à la nuit et à mon ignorance profonde. »

Les animaux avec leurs mauvais sens, leurs mauvais yeux, viennent montrer ce qu'est l'âme de l'homme. Ils ont des instincts sûrs, l'homme a des vérités éternelles, d'un ordre universel, que le moyen âge a appelées les *universaux*. Ces vérités sont :

Un Créateur, un Dieu.

Sa création.

Les devoirs de l'homme.

La justice.

La bonté ou charité, etc.

Les corps organisés sont, pour ainsi dire, soufflés ; ils sont faits avec de l'eau, de l'air, presque pas de matière, et détruits aussitôt à l'air. La matière est forte et lourde dans les métaux ; mais l'homme n'a pas presque de matière. Cette eau, cet air se combinent dans un moule très-délicat. Si l'âme peut encore parcourir la terre après la mort, elle est hors de ce moule et elle est invisible. Mais l'invisible n'est pas concevable aux sots.

Au reste, nous voyons la plus dure matière, l'or et le platine, s'évaporer comme l'eau suivant la chaleur. Ainsi la matière est fusible, elle peut se disperser, et tout ici-bas devenir vapeur.

Tous les médecins ne nient pas l'âme : Staal, un grand médecin prussien, avait fondé sur le pouvoir de l'âme son système de médecine. Cullen le suivit à moitié en Ecosse, et Bordeu en France. Le nord voulut exciter les forces, et le midi les retenir. Il en sera toujours ainsi.

C'est le midi qui interdit le mariage aux prêtres, portant le mal au comble : le clergé d'Allemagne indigné s'écria que le pape, en voulant arrêter la nature, lâchait la bride à la débauche et à l'impureté ; qu'il fallait mieux quitter le sacerdoce que le mariage, et que le pape trouvât des anges pour serviteurs. Les évêques qui, dans les conciles, annoncèrent cette loi cruelle, au milieu d'un clergé furieux, coururent risque de la vie.

Buffon voit ce qui existe et l'expose avec grandeur, la terre, l'océan, les montagnes, etc. Mais Bernardin de Saint-Pierre seul vient nous montrer l'harmonie de ces choses et comment elles sont combinées. On peut dire en quelque sorte que la jeunesse voit les choses de la vie à la manière de Buffon et que l'âge mûr les voit à la manière de Bernardin de Saint-Pierre. La jeunesse contemple et voit beaucoup, peint ce qu'elle voit, est frappée des défauts, des malheurs, les signale, et parfois indique des remèdes. Mais plus tard l'esprit arrive à l'*harmonie des choses* et saisit même, à travers les réalités, comme des *intentions cachées*. Le plus souvent tout est utile, les défauts, le mal même. Ce n'est pas sans dessein que Dieu a jeté entre les peuples, les familles et les hommes, la plus grande diversité. Dans la barbarie comme dans la civilisation on peut distinguer un mouvement, des épreuves, des agitations nécessaires. On conçoit que quelques données sublimes sont répétées dans les mondes qui peuplent l'infini. Sur notre petit globe l'imagination pourtant atteint Sirius, et les plus hautes conceptions nous sont ouvertes. L'imagination va au plus haut, conçoit des intelligences au-dessus d'elle, un amour plus pur, plus fort, des richesses sans bornes, prodiguées sur d'autres mesures.

Peut-être en voyant ces différents globes, en supposant tant de diverses intelligences, plus ou moins puissantes, pouvons-nous croire que notre planète et son système sont l'œuvre de quelque divinité chargée de la créer. Voltaire l'a cru et l'a dit dans un de ses plus beaux contes (le *Songe de Platon*). Qui sait si tel homme un jour, celui qui se sera perfectionné par l'étude et la vertu, ne sera pas chargé de composer un globe et d'y mettre son génie ? Ainsi nous seraient expliquées les imperfections de la terre que Voltaire expliquait de cette manière. Mais l'idée du grand Dieu nous est donnée d'en haut ; Dieu seul est l'objet de notre amour, et ce que Bernardin de Saint-Pierre dit de l'œil qui voit tout le firmament, ainsi notre âme va à l'universalité et, sans s'arrêter aux innombrables divinités qui animent l'espace et créent peut-être les mondes, elle a reçu l'idée du Dieu créateur. Bayle dit que, dans une autre vie, les punitions infligées par ces créateurs de second ordre pourraient être plus redoutables que celles de Dieu, mais non ! puisqu'ils agiraient sous l'ordre de Dieu.

Chose risible ! de voir Epicure et sa pitoyable école interdire les aperçus, interdire.... la transcendance ! — Ne voyez que cette table, chargée et brillante, ces flacons de vin ornés de fleurs ! Songez seulement à vos amours, à la beauté ! — La beauté ? Mais Platon y rencontre Dieu, la beauté première. Dante parcourt l'empyrée qu'il rêve et dont le culte atteint l'image. Ne voir que ce qu'on voit ? Mais ce que nous avons le plus admiré est invisible. Et tous ces univers, vus au firmament, auraient donc pour loi une vie passagère, une mort absolue !

Que dit Platon à Axiochus mourant ? — *Une nature mortelle ne se serait jamais élevée à une telle hauteur*, braver la mort, franchir les mers, fonder des empires, établir des gouvernements, porter ses regards vers le ciel, y observer les révolutions des astres, le cours du soleil et de la lune, leur lever, leur coucher, leurs éclipses et leurs retours, l'équinoxe et les tropiques, les pléiades de l'hiver et de l'été, les vents, les pluies et les terribles effets de la foudre ; elle n'aurait pas comme fixé pour l'avenir les événements du monde s'il n'y avait pas dans l'âme un souffle divin qui lui donne l'intelligence et la science de toutes ces merveilles. Ce n'est donc pas à la mort que tu vas, Axiochus, mais à l'immortalité. Une félicité pure t'attend, sans plaintes ni vieillesse, avec une philosophie non plus pour la foule et le théâtre, mais à la lumière de l'éternelle vérité.

« Que si vous voulez fonder le sentiment sur quelque attribut de la matière différent des trois dimensions, et inconnu à notre esprit, dit Bayle dans un de ses bons jours, je vous répondrai que les changements de cet attribut devraient ressembler aux changements de l'étendue. Ceux-ci ne peuvent faire cesser ni toute figure ni toute présence locale; et ainsi les changements de cet *attribut inconnu* ne feraient jamais cesser tout sentiment; il ne serait que le passage d'un sentiment à un autre, comme le mouvement de l'étendue n'est que le passage d'un lieu à un autre. »

Il y a eu de grands génies, ajoute-t-il, qui se sont montrés un peu trop *tardifs de cœur à croire* sur la distinction de l'âme d'avec le corps; mais personne que je sache n'a osé dire jusqu'ici qu'il concevait clairement qu'afin de faire passer une substance de la privation de toute pensée à la pensée actuelle, il suffisait de la mouvoir, en sorte que ce changement de situation était par exemple un sentiment de joie, une affirmation, une idée de vertu morale, etc., et quand même quelques-uns se vanteraient de concevoir cela clairement, ils ne mériteraient point d'être crus.... Il était absurde de prétendre que pourvu qu'on mît quelques veines, quelques artères, etc., les unes après les autres.comme les différentes pièces d'une machine, on produirait le sentiment de couleur, de saveur, de son, d'odeur, de froid, de chaud, l'amour, la haine, l'affirmation, la négation, etc. »

Quoi! la loi des mondes serait la mort! Quoi! ces étoiles sans bornes, ces mondes innombrables auraient pour loi la mort! Qui ne voit que c'est impossible! Quoi! une transformation matérielle, perpétuelle et stérile, et nulle mémoire, et rien du tout! Bien plus! nos instincts seraient trompeurs, eux toujours sûrs ! L'homme serait inspiré pour agir, pour dominer, et trompé dans ses rêves; la vie n'est qu'un rêve, la mort en est le réel et le réveil; et la mort ne serait donc plus ni le réveil ni le réel!

A Prudence. — Je suis charmé de vous voir examiner le polythéisme des Indiens, mais voudrez-vous aussi étudier leur polygamie, voilà ce que je ne crois pas. La polygamie admise en Afrique, en Asie, le fut quelquefois en Europe par les barbares, car les rois francs avaient parfois plusieurs épouses. Les Grecs n'avaient qu'une femme, hors le cas de mortalité qui faisait permettre plusieurs épouses, comme on vit Socrate en avoir deux à la fois. Mais Jupiter, Vulcain, les dieux n'avaient qu'une épouse. Le climat d'Asie et d'Afrique en ordonne autrement, et là les femmes sont habituées à la loi. Je vous ai appris il y a trois ans (avant la mort de votre mari, que je ne prévoyais pas) mon mariage avec la jeune et gracieuse Ramana, fille d'un rajah mon ami, homme excellent et savant qui me pressa d'épouser sa fille unique, âgée de douze ans, et de diriger ses immenses richesses. Ramana a reçu de lui la santé la plus délicate ; il me supplia de lui servir de père ; il aimait les conquérants des Indes, il voulait leur laisser ses terres. Il rêvait le réveil par eux de la grandeur des Indes. Je lui avais dit que mon cœur était engagé. Il n'en fit que rire. Il ne comprenait pas les mœurs gênées des hommes en Europe. Il mourut heureux deux ans après ce mariage, en partageant ses richesses entre sa fille et moi, ravi aussi d'aller se joindre à Brama. Les nouveaux moyens d'action que l'amitié de ce rajah m'a donnés ont hâté mon retour. La jeune Ramana s'est étonnée si bien d'être seule près d'un mari et s'est tant ennuyée de cette solitude qu'elle a rempli ma maison de jeunes Indiennes. Elle les a amenées ici ; elle les marie, les pare, les orne de diamants, adopte leurs enfants, n'en ayant pas elle-même. Sa santé est très-délicate, son esprit très-rêveur ou peut-être endormi. Ses favorites, Sacontala et Doumana, ont épousé deux de mes secrétaires, elles ont deux enfants que Ramana traîne toujours avec elle. Je lui avais beaucoup parlé de vous dans l'Inde, vous serez très-surprise d'apprendre qu'elle montre la plus grande envie de vous voir régner encore sur moi et dominer dans sa maison. Elle dit qu'elle chérirait un si noble guide ; elle n'a jamais pu comprendre nos mœurs ; ses idées naïves me font rire. Vous ! vous qui ne voulez pas seulement me voir, que penserez-vous des opinions qui règnent à Benarès ? Avouez du moins que ces femmes orientales sont plus douces, plus traitables, et le dirai-je?... oui, la polygamie forme très-bien le caractère des femmes....

Mais ne plaisantons pas. Je vous ai confié mes vues sur l'Asie pour vous rappeler nos anciens liens. Vous vous êtes mariée quelques années avant moi. Ramana vient d'avoir quinze ans. C'est un mariage léger, asiatique, elle est toujours suivie de Sacontala et de Doumana et de leurs petits. Sans cesse elle me demande de voir l'incomparable Prudence, la reine de sa maison, qui la surpasse par l'âge, la sagesse, le savoir. Les mœurs d'Orient nous secondent. Un Anglais est asiatique. Voulez-vous venir à Calcutta, à Benarès? Vous serez émerveillée de ce pays inimaginable. Vous y trouverez les tantes de Ramana qui désirent autant qu'elle vous connaître. Quoi! seriez-vous jalouse d'une enfant qui remplit ma maison de ses jeux, ses diamants, ses femmes, son oisiveté riante et douce? Tout respire ici la langueur, la paresse, une joie tranquille; c'est une maison des Indes, la paix, les parfums, un calme étrange, nul souci du monde. On vit pour ses oiseaux, pour un arbre rare, et surtout pour l'amitié. Ramana adore encore Brama, elle rend un culte à Bavani, femme du dieu, elle parle dans son innocence de la coupe d'ivresse du mont Cailasa, mais elle ne sait pas ce que c'est que l'ivresse du cœur, car le sien si faible semble à jamais endormi, comme on l'est souvent dans ce climat terrible : la vie n'y est qu'une espèce de songe comme le mirage dans leur désert de Marou.

Je vous en ai dit assez pour une fois. Je veux voir votre réponse. Songez combien les voyages ouvrent l'esprit, et prenez garde de répondre comme une femme pleine de préjugés.

A Walter. — Je ne prends rien de votre lettre au sérieux, elle m'a fait beaucoup rire, et je vois que vous n'avez rien perdu de votre gaieté charmante. Ah ! monsieur, dans quel état revenez-vous donc, entre le polythéisme et la polygamie ! Quelles sont donc ces femmes de l'Asie ? Que disiez-vous dans la jeunesse, et combien différent alors ! Lady Montagu raconte que, quand elle était à Constantinople, elle connut la femme d'un visir très-dévouée à Mahomet et à la religion, qui aimait son mari, qui en était aimée et qui était sa seule épouse. Ils vivaient très-pieux dans leur foi musulmane. J'ai compris là que les Orientaux savaient aimer quelquefois.

Vos lettres me suffisent et m'enchantent. A distance, vos détails sur Ramana m'amusent. Vous semblez croire que ces Indiennes lui sont plus chères que tout au monde. Cette vie languissante a son charme ; ma présence ne saurait que la troubler. Parlez-moi souvent de votre jeune femme et de ses compagnes ; je vois qu'elle a établi autour d'elle un gynécée. Mais vous ! vous n'y pouvez tenir, vous courez ici et là. C'est ainsi que vous avez songé à Rambouillet ; mais mon séjour aussi redoute ce qui le troublerait trop. Je préfère changer les questions particulières en questions générales pour les discuter avec vous. Précisément au moment où vous m'écriviez si gaiement sur votre intérieur, je recevais la visite éperdue d'une jeune amie qui, fuyant un mari injuste et emporté, venait se réfugier chez moi.

— Si je ne vous avais pas pour amie, me dit cette jolie affligée, j'allais me jeter à la rivière. Mon mari voulait quitter Rambouillet avec moi ce matin pour m'enlever à l'appui de ma mère et me tenir seule chez lui à Paris, en proie à sa fureur.

— Qu'avez-vous donc fait, ma chère Claudine ?

— Je ne l'aime plus.

— Mais pourquoi ?

— A cause de son caractère, ses emportements, son injustice ; il voit que je ne l'aime plus, il en devient plus furieux. Le mal est pire chaque jour ; je ne saurais ni ne voudrais le tromper ; il est fier, il ne me demande rien, mais il m'accable de soupçons et menace même ma vie. Je n'aime nul autre homme, les hommes me sont en horreur, je les vois comme des animaux stupides et affreux; moins j'aime, plus il s'emporte. Que faire? Ma mère, très-sévère et très-timide, me conseille d'aimer mon mari, elle dit que c'est *mon devoir;* mais mon mari ne s'y trompe pas. Ce n'est pas l'accomplissement d'un devoir qu'il veut, c'est la première flamme que je lui montrai quand je l'aimai d'abord. Il faudrait être une grande actrice pour jouer l'amour, je ne peux pas; je reste effrayée, et mon mari redouble de colère.

— De sorte qu'il vous aime plus que jamais?

— Il le dit, mais m'en donne-t-il la preuve? Il n'est pas même fidèle, je le sais, cela ne m'offense pas, au contraire, je voudrais qu'il aimât ailleurs et me laissât vivre en paix; il aime partout, il cherche jusqu'à mes jeunes servantes et pourtant il me montre la même fureur. — Nous voici donc en pleine polygamie!

Jugez comme votre lettre arrivait à propos. La polygamie! C'est la loi de l'Asie, mais c'est la loi de l'Europe. Du moins les femmes de l'Asie ont le divorce; Mahomet l'a permis et protége la femme. Mais en France rien ne protége la femme!

Je sais que la question est profonde et pleine de ces contradictions que Bernardin de Saint-Pierre a tant signalées. Ainsi, pour que les passions soient belles, il faut d'abord qu'*elles existent*, qu'elles *soient fortes*, qu'elles aient un cours, mais c'est pourtant le *combat*, la *retenue* qui les porte au comble! Ainsi la femme ne peut être fière que si elle est libre, mais la modestie lui est tracée! Et si l'homme veut tenir la femme dans sa dépendance, c'est que souvent il serait trop dans celle de la femme. La délicatesse des mœurs est dans la nature et connue des sauvages mêmes! Mais aujourd'hui quelques hommes, s'apercevant qu'ils ont de tout temps opprimé les femmes, veulent être généreux et revenir sur leurs pas. Cette excuse, qu'ils étaient trop jaloux, trop passionnés, nous désarme.

Mais leurs fureurs ont dépassé leur propre dignité! En Asie ils ont sacrifié l'homme même à leur jalousie; ils ont confié la femme à une espèce qui n'est ni homme ni femme. Ils n'ont établi que la loi du plus fort.

En Espagne, on ne se fia guère plus à la femme qu'en Orient. En Italie et en France, l'homme vaincu traita avec elle ; il ne voulut point avouer sa défaite et changer la loi, mais il permit à la femme ce qu'il lui avait défendu. Au nord on fut en général modéré et éclairé : en Allemagne, en Pologne, la loi du divorce réparera bien des maux. Mais il est une triste contrée couverte par un ciel obscur ou plutôt par ce manteau de plomb que Dante en son enfer donne aux hypocrites. Là on fut hypocrite. Les femmes le furent jusqu'à l'infanticide. Il devint si fréquent en Ecosse que les lois pour l'empêcher furent atroces, comme nous les présente un roman célèbre et admirable.

Les hommes virent pourtant que si toutes les femmes étaient vertueuses ils étaient perdus. Ils en sacrifièrent donc une partie à eux-mêmes, une sorte d'armée qu'on immole, mais ils eurent grand soin de la flétrir ; ce qui sortait d'ailleurs des idées qu'ils avaient données aux femmes, et loin d'adoucir du moins le sort de cette armée, ils le rendirent, afin d'assurer mieux leurs propres femmes, le plus affreux qu'ils purent.

Ils placèrent l'honneur de l'homme dans le courage et celui de la femme à n'appartenir qu'au *maître* que les lois lui donnaient. La femme dut rester vierge ou mariée. Cependant l'homme ne suivit pas ses fureurs seulement. Montesquieu a dit : *Les lois sont établies, les mœurs sont inspirées*, et sans doute la nature aussi indiquait à la femme de chercher un protecteur pour elle et ses enfants. C'est ce qui fait que les lois de l'homme auraient pu être moins dures.

Mais pourquoi les passions, les idées, la justice, eussent-elles été mieux balancées que les vents des montagnes, les pluies du ciel, les rayons du soleil? Nous voyons l'agriculture comme la morale dans un éternel à peu près. Ainsi il fait trop froid ou trop chaud, il pleut trop ou pas assez ; ce qui est bon pour la vigne est contraire à la prairie, et nous voici dans ces contraires infinis qui nous éclairent toutes les questions.

Chaque pays fut entier dans sa manière, chacun fut *sui generis;* un défaut entraîna une qualité ; une qualité fut le garant d'un tort. Tout est profond, tout est balancé, qui examine un peu les choses se calme, s'arrête et ne demande que le naturel et doux perfectionnement des choses.

Quel sera l'avenir? Les femmes seront-elles plus indépendantes? Qui en pourrait douter? Qui ne voit les changements immenses de l'univers? Oh! combien Alexandre et César seraient étonnés, humiliés de voir ce monde nouveau qui les écrase, ces penseurs comme Pascal, qui excuse Alexandre à cause de sa jeunesse, mais qui s'étonne de voir à quoi César employait son âge mûr. César eût-il jamais pensé que ces contrées barbares des Gaules et de l'Angleterre parleraient ainsi et mèneraient un jour une civilisation nouvelle, supérieure en tout à la sienne? Eût-il cru que ces lointaines et brillantes contrées des Indes, qui faisaient sa jalousie, appartiendraient un jour à cette île lugubre?

On pourrait dire que partout la société, en établissant ses lois, a trop douté de la nature. Ainsi elle a beaucoup craint que la fille n'eût des enfants hors du mariage et sans la protection de l'homme. Mais elle a trop craint cela. Elle l'a trop empêché. Elle a produit par là des crimes.

Aucune fille ne repoussera le mariage avec un homme qui lui plaît. Le mariage est le rêve de l'amour. Mais quelques filles pauvres qui seraient mères, ou quelques filles qui le seraient dans des conditions exceptionnelles, pourquoi ne pas les protéger, car si je ne veux pas dire comme la convention (d'atroce mémoire), les récompenser?

La société a blâmé le divorce, et pourquoi? Elle a blâmé la femme qui abandonnait son mari sans s'informer des secrets d'un lit, secrets qu'on ne connaît jamais. Elle a tenu pour coupable ce qui était malheureux.

Mais qu'est-il arrivé? La noblesse, les gens de lettres, les paysans, par des motifs différents, ont admis une pratique plus douce. Les femmes de la cour ont eu des passions en dehors du mariage, les femmes de lettres ont vécu indépendantes, et les jeunes filles du village devenues mères ont été estimées, rassurées, et bientôt mariées à des hommes excellents. La pratique plus douce de ces trois sortes de société a-t-elle nui à la morale? Loin de là. Dans les cours, les poëtes et les guerriers s'en sont inspirés, de grands caractères d'hommes et de femmes en sont sortis. Chez les lettrés les plus beaux talents en sont venus, et au village où les jeunes filles sont plus mêlées aux garçons, où les mariages naissent de l'amour, il a été très-heureux que cette liberté dans quelques-uns de ses effets, fût réparée par le mariage.

Mais tandis que :

La *grande société*,
Les *gens de lettres*,
Et *le village*

établissaient une tolérance éclairée, la masse des bourgeois est restée aveuglément attachée aux plus rudes coutumes. Les douleurs ont été violentes dans cette classe. La fille et la femme mariée y ont été parfois cruellement sacrifiées, comme si ce sacrifice faisait la sûreté du mariage quand on s'en passait si bien à la cour, chez les muses et au village.

Les Anglais appellent *consomption* l'état des filles sensibles qu'un préjugé cruel mène au tombeau. Les pères, les frères s'en consolent par l'idée chez ces jeunes filles d'une maladie organique qui n'est que la vie dans sa force.

En Angleterre on ne voit rien d'un côté poétique ou élégant; une idée de devoir absolu convient aux bas horizons, à la nature triste et lugubre. En vain Dieu montre par mille exemples que les mœurs doivent se varier selon les circonstances, les Anglais ne comprennent qu'une règle aveugle. Et chose ordinaire chez ces hommes peu généreux, c'est sur la femme qu'ils ont appesanti la rigueur.

Pourquoi l'Allemagne fut-elle plus douce et plus éclairée que l'Angleterre? Je crois que c'est à cause de sa bonté et de sa loyauté.

Peut-être la division en petits Etats laissa-t-elle aux gens de lettres et à l'esprit plus de moyens pour établir la vérité. Ah ! surtout maintenez ces petits États !

La *morale*, la *religion* sont des mots dont le progrès des lumières a mélangé la valeur, car la *vraie morale*, la *vraie religion*, c'est beau, mais la *fausse morale*, la *fausse religion*, c'est très-mauvais. Or on s'aperçoit à la longue que les choses expliquées par les hommes sont toujours mêlées de fausseté et doivent être admirées et suivies avec mesure. Les gens qui, à cet âge du monde, tracent des devoirs absolus en morale et en religion, doivent donc être tenus pour peu éclairés. Des devoirs généraux sont excellents en eux-mêmes, mais les circonstances en modifient l'application, ce que la civilisation nous enseigne de plus en plus. Il fut reconnu sous l'empire romain, dit Vico, que *tout motif d'équité prévaut sur la loi.*

Enfin, si les modernes ont respecté l'indépendance de l'individu et n'ont pas, comme les anciens, gêné par des lois politiques, jusqu'à la vie privée, cette liberté doit s'étendre aux mœurs. Car on a remarqué une chose : c'est qu'il y avait des femmes d'élite qui ne pouvaient se guider par l'idée seule de la richesse, de la parure, d'un ménage quelconque, mais qui cherchaient aussi la vertu, la gloire, la beauté. Ces femmes-là, mariées jeunes par leurs parents, n'ont pas toujours pu s'entendre avec le mari qu'on leur avait donné ; mais comme ces femmes-là sont les races et les mères que les hommes doivent le plus rechercher pour avoir des familles intelligentes, l'intérêt même des hommes est de les tenir pour fières, de les ménager et de les honorer.

La galanterie vint partout venger la femme. Elle ligua les hommes contre les maris. Au lieu d'avoir des femmes indépendantes, éclairées, libres dans le choix d'un époux, on inspira à la société le mépris du mari. La comédie, le vaudeville livrèrent en France le mari à la moquerie publique. Ce fut le contraire de l'Angleterre.

Quelques âmes élevées ont atteint l'amour sublime, et quelques romans fameux l'ont peint. Il n'est rien au-dessus, ni la gloire ni l'ambition ; mais, pour que l'homme s'enivre ainsi dans des sentiments exquis, il faut que la femme soit libre. Comment admettre que le mariage livre entièrement la femme à l'homme ! Quoi ! la femme ne peut fuir un mari corrompu, détestable ; elle ne peut se plaindre d'une nuit profanée; elle doit tout subir, et ses domestiques sont récusés comme témoins ! Le monde vit à la légère et jamais personne ne s'est figuré ce que c'est qu'un être faible livré sans défense et dans la nuit à une brute violente et grossière. La femme dans une telle position, n'a point de recours J'en connais qui sont mortes sans pousser une plainte. Vous le savez, pauvre Mariette, innocente villageoise dont j'ai su la fin sans avoir su le malheur : elles étaient deux sœurs paysannes et riches, filles d'une veuve assez galante et qui voulut tenir ses filles sévèrement : point de danse, d'amusement, une parure de campagne, mais une vie si retirée qu'elles étaient très-timides et presque farouches. Un jeune marchand du voisinage, être errant sur la terre et pour le première fois fixé, demande Mariette l'aînée, l'obtient en mariage et l'emmène où il était établi. Là, scènes, emportement dans la nuit, un homme qui s'enivre, qui crie, qui bat ! La pauvre Mariette souffre et se tait. Elle devient mère sans s'être plainte. Le mari brutal, dans une nuit d'égarement, la frappe au côté, elle souffre longtemps une grande douleur du coup, et meurt enfin. La mère me conta ces détails. Personne n'a su l'histoire que moi. Et la sœur effrayée refuse de se marier et meurt bientôt dans les langueurs qu'on éprouve à vingt ans.

Que va devenir cette jeune Claudine dont je vous parlais? Son mari la cherche. Il a le droit de la ravoir par la force. Il peut la tuer dans un transport. Il est seul la nuit près d'elle. Elle est douce, craintive, sincère. Que faire ? où vais-je la cacher ? Confier sans appel la femme jeune et faible à l'homme violent et épris ? Mais c'est à lui qu'il fallait craindre de la confier, dans la solitude, dans l'ombre, loin de tout secours !

Si le mariage est, dit-on, excellent en lui-même, ne peut-il avoir sa prudence, sa sauvegarde? Le mariage? Eh ! comment ne l'estimerions-nous pas quand nous voyons tant de jeunes filles et de jeunes garçons mourir pour en être privés? Cette classe bourgeoise qui porte le poids de la morale, laisse trop souvent périr la jeunesse dans de lents tourments. J'ai été étonnée, effrayée, en parcourant la province du nombre de victimes qu'on eût pu si facilement marier et sauver.

Dans un village voisin, je vois une mère imprudente qui laisse périr ses trois filles sans savoir les marier. Là je vois une fille mariée mourante et qui pourtant est sauvée. Une autre passe sa jeunesse, l'esprit frappé de sa souffrance, abandonnée à cette tristesse et à cette terreur où Pascal nourrit son génie. Voici une famille où les filles languissent dès quatorze ans, mais les parents n'y comprennent rien. On les marie à vingt ans dans une santé désespérée. Et l'on est très-étonné de les voir insensiblement renaître pour faire des filles qui souffriront de même ; car peu de gens voient et observent. Et puis les médecins ignorent complétement la nature : le docteur appelé s'étonne, s'émerveille, une fille malade à quinze ans, c'est étrange, mourante à vingt ans, c'est incroyable ! Elle aura une organisation *particulière;* il consulte les organes, la poitrine, le cerveau, il n'y conçoit rien.

A Prudence. — Je suis venu dans un château près de Calais, en France. J'oblige Ramana à se promener un peu à pied dans son parc, car elle reste trop couchée sur son canapé. Ce matin elle m'a dit : — Sacontala et Doumana ont pleuré toute la nuit, elles ne peuvent supporter de voir le régime barbare auquel vous soumettez ma santé. — Et elle-même a été fort triste tout le matin parce que ses favorites n'avaient pas dormi.

Ce qui m'a plu dans ma grande richesse des Indes, c'est de pouvoir imiter Caton. Caton fit un héritage de 500,000 fr. Il le garda chez lui et offrit ses services à ses amis et à tous ceux qui en avaient besoin ; son argent était là, toujours prêt. C'est ce que les riches ont rarement, car leurs propres dépenses emploient tout, et les conduisent même à des dettes. J'ai trouvé à Londres, en effet, de nobles amis endettés, de pauvres gens embarrassés ; j'ai pu obliger toute espèce de personnes. Ramana m'y excite. Les Indiens sont bons et généreux ; ils méprisent l'argent, et si les fiefs produisent là de grandes fortunes, on trouve beaucoup de libéralité aussi. Ramana ne compte que la noblesse du sang ; toute caste qui n'est pas la sienne. elle la méprise, mais elle sait que les Européens n'ont pas de castes.

Cependant, voulez-vous que je renonce à elle et à ces richesses des conquérants? Mais Ramana me fut confiée par son père ; elle est d'une santé très-faible, qu'elle tient de lui ; en me la confiant, il en appela à ma bonté ; ce n'est pas vous qui m'ordonneriez de l'abandonner? Il est des positions compliquées ; ce sont celles qui affermissent les caractères. On m'offre le gouvernement des Indes. Cela vous plairait-il? Nous y penserons.

En Asie, l'esprit s'étend et voit mieux. Nulle part on ne permet de tuer, de voler, mais le mariage varie. Il y a d'ailleurs, pour le mariage, des exceptions, des gens qui ne sont pas faits pour une vie décolorée. Dans son ouvrage sur les Indes, l'abbé Raynal propose d'établir des femmes dans des lieux attenant aux églises. C'est ainsi que les nègres entendent la religion et que l'entendent aussi les Boudhistes au Japon : obéir au Créateur et le bénir. Il est tout simple donc que la proposition vienne d'un abbé. La polygamie produit plus de femmes que d'hommes, ce qui prouve que chacun met son sexe. Si la femme avait plusieurs maris, comme dans quelques parties du Thibet, elle aurait moins de chances de mettre son sexe.

A Walter. — Si j'avais à conseiller une personne qui

voulût vivre en famille suivant la raison, c'est-à-dire qui voulût atteindre au bonheur, je lui dirais : Choisissez un lieu éloigné des villes, champêtre, isolé, solitaire, mettez-y vos pénates, habitez-le ou venez-y souvent. Vous le peuplerez de vos affections, des faits de votre vie, il sera rempli de souvenirs, il vous deviendra cher comme un ami. Cependant, quittez-le quelquefois, car la variété est une condition indispensable du bonheur de l'homme. Quittez-le si vous voulez le trouver toujours agréable, le revoir avec plaisir, y sentir mieux le charme de la retraite.

La continuité du même horizon, non-seulement fait qu'on n'y est plus sensible, mais qu'on n'est plus sensible à la campagne, à l'espace, à l'air libre, aux cieux. Si l'on voit un autre paysage, tout vous est rendu. La même rivière, coulant sur d'autres bords, vous cause un enchantement nouveau ; tout se ranime par le changement, et quand vous retrouvez ces lieux chers à vos habitudes, vous les préférez à tout ce que vous avez vu, à cause de leur longue possession, d'une vie passée qu'ils tiennent en eux et rajeunissent, et la nouveauté d'un vieux séjour, comme la nouveauté d'une vieille affection, est ce qu'il y a de plus doux au monde.

Dieu a mis dans l'homme un désir du changement, comme il en a mis un de la conversation, de la société.

Aussi, la combinaison du sage qui s'est retiré des fausses joies, est de ne pas négliger les véritables, de ne pas rejeter l'amitié, la conversation, la variété. S'il ne peut quitter le lieu de sa retraite pour passer, comme Cicéron, de sa maison de Tusculum à celle de Formies, à celle de Baya, voir la Méditerranée près de Rome ou près de Naples, il peut faire une course dans les environs, trouver un site agreste, écouter le ramage d'autres oiseaux, passer quelques jours différents de tous les autres. Le penchant de l'homme est d'abuser du bonheur. S'il a une condition heureuse, il l'exagère, il n'en veut plus sortir un instant, il la porte à l'extrême, il la gâte. Aime-t-il sa jeune femme, sa maison ? Il ne sort plus, devient sauvage. S'adonne-t-il à la chasse ? Il vit par là.

Il faut deux choses pour être heureux : un motif de bonheur et quelque variété autour de la vie. « Variez vos plaisirs au lieu de vous en rassasier, dit Bacon, excitez fréquemment en vous le sentiment de l'admiration et de la surprise par le moyen de la nouveauté ; préférez les études qui présentent à l'imagination des objets nobles, grands et relevés, comme l'histoire, la fable, le spectacle de la nature. »

Un des motifs du bonheur des paysans, c'est la variété que Dieu a mise dans leurs travaux ; la vie du paysan est dans un changement perpétuel : les fruits, les moissons, les vendanges lui commandent des soins divers qui se succèdent agréablement sans hâte ni trouble, avec le calme et la lenteur propres aux occupations champêtres. Le changement des saisons, un des plus profonds pour l'homme, un des plus agréables, domine pour les gens des campagnes, tous les changements.

A Prudence. — Que signifie votre lettre? que vous me renvoyez à ma maison. Il s'y est passé un événement qui nous a bouleversés. J'ai encore supplié Ramana de marcher un peu dans son parc, car elle en avait éprouvé un grand bien ; mais Doumana ne la voyant pas rentrer l'autre jour, est allée la chercher, s'est croisée avec elle sans le savoir, a couru partout, a perdu la tête, et elle est rentrée désespérée. La vue de Ramana, qui la cherchait aussi, l'a fait évanouir. J'étais dans mon cabinet, les cris des femmes m'ont fait venir, mais sans trouble, car j'y suis tellement habitué que l'évanouissement même de Doumana ne m'a pas d'abord ému. Cependant, ne la voyant pas revenir, j'ai voulu éloigner Ramana. Impossible. Elle ne savait comment contenir sa douleur, tout en essayant de ranimer son amie. Nous avons appelé tous les médecins du voisinage et envoyé en chercher d'autres à Paris. On a emporté lady North sous prétexte qu'elle empêchait, par son trouble, Doumana de se calmer et de revenir à elle. On disait que Doumana vivait encore, mais dans la nuit les médecins de Paris déclarèren qu'elle était morte. Et cela parce que j'avais voulu faire marcher un peu Ramana tous les jours.

Je n'ai pas cru à la mort de Doumana, j'ai défendu qu'on l'annonçât à lady North, et j'ai fait continuer des soins. Mais le bruit de sa mort s'était répandu, les paysans entouraient la maison, et un homme de l'église vint s'informer si madame Bristol était catholique. Son mari répondit que non, et que d'ailleurs la mort était douteuse. Aussitôt j'eus la visite du maire de notre endroit qui, d'un ton très-important, vint me dire qu'il allait faire enlever le corps, que la mort dépassait vingt-quatre heures, et que la loi était précise.

— Fort bien, monsieur, lui répondis-je, mais si la personne n'est pas morte?

— Monsieur, reprit-il, j'ai vu les médecins, ils sont là, ils sont tous d'accord, la personne est morte depuis plus de vingt-quatre heures. Si vous voulez qu'on transporte le corps à Paris, il faut en obtenir à l'instant la permission; autrement, je dois agir dans l'intérêt de la commune.

— Mais, ce château en est à une demi-lieue ?

— Oui, monsieur, mais la loi est précise, vous ne pouvez tarder.

J'entraînai ce maire dans la chambre de Doumana, dont le grand luxe l'éblouit; Ramana a réuni là les plus belles choses de l'Inde, et les perles et les diamants n'y manquent pas. Il regardait tout avec étonnement, mais en jetant les yeux sur Doumana couverte de dentelles, il pensa tomber à la renverse en lui voyant ouvrir les yeux et lever faiblement la main. Le mari, à cette vue, jeta un cri, et moi je priai le maire de me suivre au salon. Il semblait moins heureux que confus de la résurrection de cette Indienne. Il y avait près de trente heures qu'on la disait morte. Il me dit que la loi précise était son excuse, et il voulait se retirer. Je le forçai de rester, de dîner avec moi. Il causa beaucoup, il ne manque pas d'esprit. Vous pensez si je lui fis voir le danger de ces vingt-quatre heures ! Il en pâlit.

Cependant lady North, rassurée, prenait un peu de repos.

Elle ne sait rien de ce qui s'est passé. Dois-je donc renoncer à ses promenades dans le parc, la vie de Doumana en dépend-elle ? Vous voyez quelle sorte de femmes sont ces Indiennes. C'est délicat, c'est exquis, c'est beau, mais il faudrait être de leur race pour partager ces émotions. Qu'en dites-vous ? Vous voyez bien pourquoi les Indes ont la polygamie. Et que pensez-vous de ces médecins et de ce maire qui veulent enterrer les gens vivants ? Ramana vit trop renfermée et doit continuer ses promenades dans son parc, mais voilà qu'on lui a persuadé que ce qu'il faut pour elle, c'est de revoir son pays et de retourner à Bénarès.

J'ai pris quelques informations à cause de cet événement, et je vois que la France, dans une question formidable, a porté sa légèreté ordinaire. Les pays se sont émus. En France, le mot *science* éblouit. On a éprouvé que la pile électrique rend rarement le mouvement aux corps après vingt-quatre heures. *Rarement !* Le croirait-on ! On s'est basé là-dessus ! *Rarement !* C'était *maintenir* ce qui s'était passé, car on avait dit que les enterrements de gens vivants étaient *rares*. Il est *rare* que la pile fasse mouvoir les corps après vingt-quatre heures. Cela arrive donc, mais *rarement*. Cette *rareté*, c'était toute la question. Eh bien, on a ordonné les enterrements après vingt-quatre heures, sans tenir compte des cas *rares !* On ordonne une visite du médecin, mais, dans ces cas *rares*, on sait que le médecin n'y connaît rien. Les gens enterrés vivants avaient été visités du médecin. Ainsi, la France n'a rien fait pour les cas *rares*. D'autres pays gardent les corps trois ou quatre jours; en France, dans les campagnes, c'est défendu ; l'article 77 du Code ordonne vingt-quatre heures. Le maire presse et tourmente pour l'enterrement, il refuse toute permission pour prolonger, car le maire, en France, est une espèce de pacha.

Il faudrait donc, dans le cimetière même, une sorte de bâtiment ou de grange, où l'on déposerait les corps pour trois ou quatre jours, ou huit si l'espoir renaît. La crainte de l'odeur est vaine dans un cimetière, où l'odeur règne toujours.

Les Orientaux, les sauvages mêmes, ont plus que les

Français le respect et la crainte pour leurs morts. L'enterrement précipité, d'ailleurs, rend la mort encore plus triste : un corps, comme endormi, vous accoutumerait un peu à la mort; mais on vous enlève cruellement et despotiquement un objet cher encore comme s'il était vivant. Nous restons sous des règlements grossiers, portés par l'ancienne barbarie, et maintenus par la seule police.

On ne s'occupe partout que d'embellissements; qu'on élève donc dans les cimetières un lieu de sûreté. Un surveillant sera là, et les parents pourront entrer à toute heure. Toute mort qui est extraordinaire, la mort dans la jeunesse, la mort des femmes en couches, des gens nerveux, etc., doit inspirer toujours des doutes. A présent nous apprenons qu'on a enterré vivants des gens qu'on croyait noyés et qu'on avait traités, et des cholériques crus morts.

Notre vie renfermée, malsaine et sans air, est surtout faite pour les accidents nerveux. Il y aura plus de cas de léthargie que jamais avec notre civilisation maladive, les manufactures, les écoles, les couvents rétablis en *dépit des lois*. Héraclide de Pont définit la léthargie *un état dans lequel le corps peut se conserver trente jours sans respiration et sans pouls*. Un bâtiment dans le cimetière ferait reconnaître ces cas cités par Héraclide. Madame Necker, qui avait fondé et surveillé des hôpitaux, fut si épouvantée de certains faits, qu'elle se fit enterrer dans une bière couverte d'un verre, où son visage était visible. L'imagination se frappe de cette idée épouvantable. Nous voyons les gens de talent préoccupés de cette idée affreuse. Il y en a qui ne craignent de la mort que l'enterrement précipité. Quoi ! les gens d'esprit s'effrayent et en restent là ! Il faut sans cesse réclamer, c'est un devoir pour tout le monde. Occupons-nous donc un moment de l'enterrement. On ne sait si l'on ne s'éveillera pas enterré; car, dans la nuit, une maladie peut venir, un coup de sang, une léthargie, personne sur terre ne peut compter sur sa vie. Qu'on nous délivre d'une crainte si horrible et si juste !

Adieu; mais cette lettre est en retard et ne pourra pas partir ce soir.

A WALTER. — Je relisais ce matin la belle amitié de Polémon pour Xénocrate. Vous la rappelez-vous? Les modernes ne savent que faire l'amour, mais parfois ces sages aimables de la Grèce éprouvaient des amitiés que nos amours n'égalent pas. Un jour Polémon, suivi d'autres jeunes gens, se jette follement une couronne sur la tête, dans l'école de Xénocrate; celui-ci continue son discours, qui était sur la tempérance. Polémon, séduit, montra dès lors une telle ardeur qu'il surpassa tous ses compagnons et succéda plus tard à Xénocrate. Il se régla en tout sur ce maître qu'il aima comme Xénocrate avait aimé Platon!

Polémon montra la pureté, la gravité, la sévérité de son maître. Il avait au plus haut degré, dit Diogène Laërte, les qualités que réclamait Mélanthius le peintre dans son *Traité de la peinture*, quand il demandait dans les œuvres d'art comme dans les mœurs, une certaine rigidité, une certaine dureté de touche. Polémon voulait pousser la fermeté jusqu'à l'impassibilité. La noblesse de ses sentiments lui concilia l'estime d'Athènes, toujours attentive à ce qui était beau. Il vivait seul, enfermé dans son jardin, autour duquel ses disciples s'étaient construit de modestes demeures. C'est ici l'histoire d'Athènes après la mort d'Alexandre, quand l'existence, les discours et les amitiés, tout fut réduit à la philosophie.

Polémon fut aimé de même de Cratès, son disciple, qui fut son successeur. C'étaient deux âmes animées d'une même pensée; deux grands cœurs, a dit Antagoras, leur bouche divine ne fit jamais entendre que de saintes paroles, et une conduite pure, formée par la sagesse, réglée par des dogmes immuables, les a préparés à la vie céleste. » Arcésilas fut l'ami enthousiaste de Crantor, surnommé *divin*, et dont, après sa mort, Diogène Laërte disait: « Chez Pluton, tu vis heureux, mais l'académie est veuve de tes discours, ainsi que Soles ta patrie!

A Prudence. — Pourquoi cette lettre sur Polémon ? Vous m'offrez en exemple cette belle amitié ? Pourquoi alors serions-nous homme et femme ?

J'ai été appelé hier de la campagne à Londres, car je suis nommé gouverneur des Indes. Il faut pourtant vous décider, vous prononcer sur les Indes. Je pars ce soir pour Paris. Je pars plein d'espérance, en dépit de vous. Je vous ai vue jadis très-curieuse de ce pays. Essayez du moins de ce voyage, de cette contrée magnifique, de l'amitié de Ramana et de sa famille indienne. Un gouverneur des Indes n'y va pas pour la vie, mais pour deux ou trois ans. Mon ambition est ailleurs, vous la dirigerez, madame la prudente.

FIN.

Montlhéry, 21 mars 1869.

Sceaux. — Typographie de E. Dépée.

www.ingramcontent.com/pod-product-compliance
Ingram Content Group UK Ltd.
Pitfield, Milton Keynes, MK11 3LW, UK
UKHW021312190726
13839UKWH00007B/1187